文
景

Horizon

社 科 新 知　文 艺 新 潮

深渊边缘
EL BORDE DEL ABISMO

Roberto Bolaño

[智利] 罗贝托·波拉尼奥 著

滕威　陈烨华 译

上海人民出版社

目 录

山中老人

偶然总在发生。某天，贝拉诺认识了利马，然后二人成了朋友。他们都住在墨西哥城，如同年轻诗人中常见的那样，他们的友谊建立在对某些社会规范的拒绝和对某些文学的共鸣上。正如我说过的，他们是年轻人。确切地讲，他们太年轻了，精力旺盛，以他们独有的方式相信着文学的抚慰力量。他们背诵荷马和弗兰克·奥哈拉[1]、阿尔基罗库斯[2]和约翰·吉奥诺[3]，他们的生活游走于深渊边缘，尽管自己浑然不觉。

　　有一天，这是 1975 年发生的事，贝拉诺说威廉·巴勒斯去世了，利马听后面色惨白，说不可能，巴勒斯还

---

[1] 弗兰克·奥哈拉（Frank O'Hara，1926—1966），美国诗人、艺术评论家，"纽约派"代表人物。——中译注，下同

[2] 阿尔基罗库斯（Archilochus，约公元前 680 年—约公元前 645 年），古希腊抒情诗人。

[3] 约翰·吉奥诺（John Giorno，1936—2019），美国诗人、演员。

活着。贝拉诺没有坚持，说他相信巴勒斯已经死了，但也可能是他搞错了。什么时候死的？利马问。不久前吧，我想，贝拉诺越来越没底气地说，我在某个地方读到的消息。故事进展到此处，某种我们称为"静默"的东西出现了，或者说"空白"。一段无论怎么看都极为短暂的空白，然而对贝拉诺来说，它却一直神秘地持续到世纪之末。

两天后，利马出现，带来了不容辩驳的消息，巴勒斯还活着。

岁月流逝。有时，极其偶尔地，贝拉诺会无缘无故地想起他信口宣布巴勒斯死亡的那天。那是个晴朗的日子，他和利马沿着沙利文大街边走边聊，他们刚从一个朋友家里出来，那天剩下的时间也任由他们随意支配。他们可能还聊到了"垮掉的一代"。然后他就说巴勒斯已经去世，而利马面色惨白地说不可能。某些时刻，贝拉诺会恍惚回忆起利马当时还大声嚷嚷：他没死，不可能，不公平。诸如此类的吧。他还记得利马的悲痛，如丧考妣，只过了两天，悲痛（尽管贝拉诺知道这个词并不贴切）就烟消云散，因为利马确认了信息有误。但是，那天的某种东西，某种难以名状的东西，在贝拉诺内心留下了不安的痕迹。不安和愉悦。不安，其实是经过伪装的恐惧。那愉悦呢？通常，为了让自己好

6

受些，贝拉诺总觉得愉悦背后隐藏的是对自己青春的怀念，但实际上，愉悦背后真正隐藏的是残忍：在一个狭小幽暗的空间中，模糊不清的身影不停移动，紧紧相依甚至彼此交叠，这些身影以他们无力控制（或者只能以非常奇怪的经济手段来控制）的暴力为生。与常理相悖，那天的回忆引起的不安是轻快的，而愉悦潜藏深处，如同一艘完美的矩形航船，悄然沿一道航迹行驶。

有时候，贝拉诺会欣赏一下这道航迹。

他弓背、弯腰，脊柱好像暴风雨中弯曲的树干，凝视着这道航迹：一道深刻而清晰的痕迹，划开一层奇异的表皮，仅仅是看着就令他感到恶心。岁月流逝。而后时光倒流。1975年，贝拉诺和利马是朋友，他们每天都在不知不觉中徘徊于深渊边缘。直到有一天他们逃离了墨西哥。利马去了法国而贝拉诺去了西班牙。从那时起，他们紧密相连的人生分道扬镳。利马周游于欧洲和中东。贝拉诺浪迹在欧洲和非洲。两人都曾坠入爱河，都徒劳地试图寻找幸福或让自己送命。多年以后，贝拉诺定居在地中海边一个小镇里。利马回到了墨西哥。他回到墨西哥城。

但在此之前还发生过其他事情。1975年，墨西哥城还是一座魅力四射的城市。贝拉诺和利马几乎总是联名在杂志上发表诗作，在"湖畔之家"举办诗歌朗诵会。1976年，他们声名远扬，并且令文学权威们忌惮，无法容忍他们。贝拉诺和利马像两只野蛮的自取灭亡的蚂蚁。贝拉诺和利马率领着一群目空一切的青年诗人。绝对地目空一切。文学权威们不能原谅这种冒犯，贝拉诺和利马遭到永久封杀。这事发生在1976年。那年末，墨西哥人利马，离开了祖国。不久后，1977年1月，智利人贝拉诺也离开了。

事情就是这样。1975。1976。两个年轻人被判无期徒刑。欧洲。新阶段开启，这也使他们远离了深渊边缘。还有别离，尽管贝拉诺和利马后来确实先后在巴黎、巴塞罗那、鲁西永[1]的一个火车站重逢过，但他们的命运最终分道扬镳，他们渐行渐远，就像两支箭突然宿命般地转向不同的轨迹。

事情就是这样。1977。1978。1979。接着是1980，以及随后，拉丁美洲灾难深重的十年。

无论如何，贝拉诺和利马会时不时听闻彼此的消息。尤其是贝拉诺，总会得知有关利马的消息。就这样，有一次，他听说老友被一辆公交车撞到，但奇迹般地捡回一条命。不过这场事故让利马落下终身残疾，走

---

[1] 鲁西永（Rosellón），法国南部市镇。

路一瘸一拐。但他也因此成为传奇。至少远离墨西哥城的贝拉诺是这么认为的。贝拉诺有个住在巴塞罗那的朋友会时不时接待来自墨西哥的访客，他们带来利马的消息，然后这个朋友就会将之转告贝拉诺。

1998

混乱时期

就在阿图罗·贝拉诺以为他所有的冒险都已结束的时候，他的妻子，那个曾经是他妻子现在仍是他妻子可能直到他生命最后阶段还是他妻子的女人（至少在法律意义上），来他海边的家找他，说他俩的儿子，年轻帅气的赫罗尼莫，在混乱时期于柏林不知所终。

这事发生在 2005 年。

当晚，阿图罗就收拾好行李，搭上了飞往柏林的第一班飞机。他在凌晨三点抵达。出租车窗外的情景表明这座城市至少表面上风平浪静，虽然火光时隐时现，防暴警察的车出现在街头。但总的来说，一切看似很平静，城市好像在昏睡。

这事发生在 2005 年。

阿图罗·贝拉诺年过五十而赫罗尼莫十五岁，赫罗尼莫跟一群朋友去了柏林。这是他第一次在没有父母任何一方陪伴的情况下旅行。阿图罗的妻子上门找他的那天早上，这群朋友正好回来，除了赫罗尼莫和另外一人，一个叫费利克斯的男孩，阿图罗记得他又高又瘦还一脸青春痘。阿图罗在费利克斯还是个五岁孩子时就认识他。有时，他去学校接儿子，费利克斯和赫罗尼莫会一起在公园玩一会儿。实际上，两个孩子第一次见面很可能是在幼儿园时期，那时他们都还不到三岁，不过阿图罗已经不记得费利克斯小时候的模样了。费利克斯不是他儿子最好的朋友，但他们之间有那种人们常说的亲熟感。

这事发生在 2005 年。

赫罗尼莫·贝拉诺十五岁。阿图罗·贝拉诺年过五十，有时他会因自己还活着而感到不可思议。阿图罗也是在十五岁时开始他的第一次长途旅行的。那一年，他的父母决定离开智利，在墨西哥开始新的生活。

1998

我不会阅读

这个故事与四个人有关。两个男孩，劳塔罗和帕斯卡尔；一个女人，安德烈娅；还有另一个名叫卡洛斯的男孩。这还是一个有关智利的、在某种意义上也有关拉美的故事。

我的儿子劳塔罗在八岁那年，跟当时四岁的帕斯卡尔成了朋友。通常，有这样年龄差的小孩之间不会存在友情，也许一切都因为他们在 1998 年 11 月相遇时，劳塔罗已经很多天没见过别的小孩了，没有和别的小孩一起玩，只能不情愿地跟着卡罗琳娜和我去那些偏远的地方。这是卡罗琳娜第一次来到智利，也是我自 1974 年 1 月离开那里后第一次回国。

于是，劳塔罗一结识帕斯卡尔，他们就立刻成了朋友。

我记得那好像是在帕斯卡尔父母家吃晚饭的时候。也许他们还在别的场合见过几次，两次，最多三次。亚历山德拉，帕斯卡尔的妈妈，邀请卡罗琳娜和她一起出去，去游泳池玩，这是第二次见面。我没有去。游泳池在安第斯山脉的山坡上，卡罗琳娜回来跟我说，那晚水太凉，所以她和亚历山德拉都没下水，但劳塔罗和帕斯卡尔下了，他们一起玩得很开心。

发生了一件奇怪的事（和这个故事中将要发生的诸多怪事一样，它们支撑着叙事，也许，这才是故事的真正核心）：他们到了游泳池后，劳塔罗问卡罗琳娜能不能在这里小便。这里，当然，她允许了儿子。然后劳塔罗就去泳池边，拉下泳裤，尿向里边。那天晚上，卡罗琳娜跟我说，她有些难为情，不是因为劳塔罗，而是因为亚历山德拉，不知道亚历山德拉会怎么想。实际上，劳塔罗从没干过这种事。游泳池里人不多，但是有人，而我儿子也绝不是随地小便的野孩子。太不对劲了，卡罗琳娜那晚对我说，庞大的安第斯山脉浮现在温泉浴场旁，好像在等待着什么，孩子们在嬉笑，大人们在低声聊天，没人注意到劳塔罗这泡惊人的尿，劳塔罗只穿着一条泳裤，对着蓝色的水面撒尿。然后呢？我问她。呃，她从晒太阳的地方起身，走到我们儿子身边，然后他们一起去了洗手间。劳塔罗看起来像被催眠了，卡罗琳娜说，他后知后觉地感到有些羞愧，不想再进入泳池，而帕斯卡尔已经在那里哗哗玩着水了，但过了一会儿，劳塔罗便忘了这一切，然后下了水。卡罗琳娜没去游泳。亚历山德拉问她是不是因那泡尿而感到恶心，卡罗琳娜否认，她不想去是因为水很冷，这是真的。

我们是在机场认识的亚历山德拉，在离开差不多四分之一个世纪后再次落地智利的几分钟里，我们就见到了她。我来是应《葆拉》杂志邀请，担任他们小说大赛的评委，而亚历山德拉当时是负责人，她和其他几个我不认识的人一起在海关入境口那里等我。当她告诉我她叫亚历山德拉·爱德华兹时，我问她是不是作家豪尔赫·爱德华兹[1]的女儿。她看着我，微微皱起眉头，好像在考虑该如何回答，然后她告诉我说不是。我是一名摄影师的女儿，随后她澄清道。那时我已经是她的仰慕者了。实际上，迷上她很容易，因为她非常漂亮。但让我印象深刻的不是她的外貌而是别的东西，是随着时间推移我渐渐了解但可能永远无法完全了解的东西，但它会使我一直保持和她的友谊。我记得也是在那天下午（我们是早上抵达智利的），我和其他评委一起吃了顿饭，还不得不发言，亚历山德拉也在场，她坐在桌子

---

[1] 豪尔赫·爱德华兹（Jorge Edwards，1931—2023），智利小说家、记者、外交官。

对面，眼里带着笑意，智利女人经常这样笑，至少当时我是这么觉得的，或许是我在多年背井离乡后与这个国家重逢导致的错误印象，其实全世界的女人都会眼里含笑，有时男人也会眼里含笑，有时确实如此，有时只是我们以为如此，那种无声的笑，现在让我想起安德烈娅，本故事的主角之一，安德烈娅、劳塔罗、帕斯卡尔和小卡洛斯，但当时我还不认识安德烈娅，也不认识帕斯卡尔，也从未听说过小卡洛斯，尽管那一天正带着幸运慢慢降临，就像曾有人说过的那样，比如，我本人在1974年1月可能就说过。

事实上，劳塔罗和帕斯卡尔尽管有年龄差，却成了非常要好的朋友，也许正是在那个坐落于安第斯山脉山腰处的游泳池里，也就是在劳塔罗著名的小便事件之后，他们的友谊增进了，两人从那里开始将彼此视为真正的朋友。当卡罗琳娜讲给我听的时候，我简直无法相信会发生这样的事，即劳塔罗小便，但不像大多数孩子那样，在水里尿，而是站在泳池边朝水里撒尿，暴露在所有人的视线之下。

然而，那天晚上，我睡着后梦见了我儿子置身于我曾经历的情景中，我二十岁时经历的残酷情景，于是我开始在某种程度上理解了他的态度。我心想，如果我在1973年底或1974年初的智利被杀害，他就不会出生，也不会站在泳池边撒尿，就好像他睡着了，好像他突然开始做梦，以一种身体语言承认这一事实及其阴影：出生和未出生的可能性，存在于世和不存在于世的可能性。在梦里，我明白了劳塔罗朝泳池撒尿的时候也在做梦，我明白了尽管我永远无法触及他的梦境，但会永远伴他左右。醒来时，我想起小时候有一天晚上，我从床上起来然后在我妹妹的衣柜里撒了一大泡尿。不过我曾是一个有梦游症的孩子，幸运的是，劳塔罗不是。

在1998年11月，几乎整整一个月的那次旅行中，我并没有见到安德烈娅。好吧，我看见了，但不是真正见到。

我认识了亚历山德拉和她的伴侣马尔恰，我和他们两人成了朋友，我对他们的所有描述都基于友情，所以我最好还是不要说太多。

但我没见到安德烈娅。如果回忆起来，我只能记起一个笑容，就像柴郡猫的笑容，在亚历山德拉和马尔恰的公寓走廊里，一个从阴影深处传来的声音，一双深邃乌黑的眼睛，还有和我刚抵达智利进行第一次演讲时亚历山德拉露出的笑容一样的笑容，但有一个本质的区别：安德烈娅与亚历山德拉截然不同，她是一个隐形人。我的意思是，她对我来说是看不见的，我在某些场合见过她，但没有真正看到她，我听到了她的声音，但无法辨别那声音来自何处。

那个时期，除了其他事，劳塔罗还发明了一种靠近自动门却不让门打开的方法。在我们第一次去智利之前或之后（我想是不久之前），我儿子玩起了这个游戏，而且还很成功，某种程度上，他也想成为一个隐形的孩子。

我第一次看到他展示这种玩法是在布拉内斯，在布拉内斯的一家面包店门前，那是在我们第一次去智利之前。我不记得是哪位作家说过，如果上帝无处不在，自动门就应该永远敞开，那么既然门并非总是敞开的，就说明上帝不存在。我儿子的行为，不仅本身令人惊讶，还一下子推翻了那位作家的理论。劳塔罗并非从侧面靠近。有时候，因为自动感应装置的安装位置，从侧面靠近会导致感应错乱，门就会始终关闭。这是轻松或说取巧的途径（尽管我不知道这样做能有什么巧可取），而我儿子选择的是艰难的途径，也就是从正面靠近，不给自己任何优势，从正面靠近时，自动感应装置不可能探测不到你，它会马上开门让你出入。

其方法的独特之处在于他靠近自动门时所做的动作。一开始很慢，仿佛在丈量距离、估算感应装置的可视范围，时不时跺跺地面，就好像感应装置能捕捉到地面的振动一样，同时像缓慢转动的风车叶片一样摆动双臂。然后门开了，我儿子已经量好距离。紧接着他往后退，门又关上了，真正的靠近开始。这一过程包含着极度缓慢的动作。比如，脚不离开地面，只是难以察觉地拖着走，与身体分开的双臂微微摆动，就像昆虫或辅助飞行器，仿佛给躯干制造出了分身，就好像在自动门的感应装置看来，靠近的不是人的身体，而是一个影子加两个幻影，而这两个影子又像是引导者，就连劳塔罗的脸也变了，似乎变得模糊，同时又全神贯注于隐身，既静止又移动，既非实体又充满矛盾。

有一次，在巴塞罗那的一家大型百货商店门前，我试着模仿他，但白费力气，感应装置总能察觉到我，门总是会打开。然而，劳塔罗能够把鼻尖贴到门玻璃上，不管是不是防弹玻璃，而感应装置却无法捕捉到他的存在。答案并不像我一开始以为的那样，在于他的身高，因为我儿子八岁时算是偏高的而非偏矮，也不在于他的瘦弱，因为我儿子的体格相当壮实，而在于他的状态、意志和技巧。

我记得我们第一次去智利旅行时的另一件事，它突然就出现在这段叙述里，关于一只鸟。这只鸟并非隐身，但在它出现的那个傍晚，我确定只有我看到了它。

我们住在普罗维登西亚的一家酒店式公寓里，在八楼或九楼。有天下午，我无所事事，看到一只鸟停在旁边一栋楼的某个阳台上。有那么一会儿，鸟一动不动，凝视着这座城市，就如同我从酒店式公寓阳台俯瞰城市一样，只不过鸟看的是城市而我看的是它。我近视，看不太清楚，但在某个时刻我得出结论，这只奇特又孤独的鸟是猛禽，可能是鹰或类似的鸟（很可能是类似的，我在这方面一无所知，我只认得鹦鹉）。几乎就在那一刻，那只鹰从空中直坠而下，这下我不再怀疑它的品种了。但更令人惊讶的还在后面：它冲着我的阳台飞来。我感到害怕，但没有动弹。那只鹰或者不管它是什么鸟，停在了旁边另一栋楼的房顶木梁上，紧挨着我所在的位置，我们对视了一会儿。直到我再也待不下去，回到屋里。

这件事就发生在劳塔罗向帕斯卡尔展示他靠近自动门而门不打开的本领那天，也就是帕斯卡尔送劳塔罗飞机的那天。那架飞机是帕斯卡尔最喜欢的玩具之一，而他却把它送给了劳塔罗，劳塔罗非常喜欢那架飞机，也许正因为如此，劳塔罗就教他如何像隐身人一样，或者按照帕斯卡尔更质朴的说法，像印第安人那样靠近自动门。

我是从露台上看到他们的，当时我和亚历山德拉、卡罗琳娜、马尔恰都在那里。他们没看到劳塔罗和帕斯卡尔。我不记得我们当时在聊什么，只记得帕斯卡尔和劳塔罗走近一家服装店，开始并没有成功，自动门总是会开，甚至有一位染着金发、穿着灰裤子黑夹克的女士走出来，对他们说了些什么，我没听到她说什么，因为我在听我妻子和朋友们聊天，还有一个原因是他们离得太远，在那个有顶的广场的另外一头，我记得劳塔罗和帕斯卡尔一开始逃走了，但过了一会儿他们又站回那里，仰着脸，听那位瘦高的金发女士跟他们说话，大概是在训斥他们，但后来，那位女士走进店里消失不见后，劳塔罗又开始施展他靠近自动门的本领，而帕斯卡尔则从一个预定位观察着一切。在这过程中，我有时看他们有时没看，就在我儿子终于成功把鼻子贴上门玻璃而门没开时，我才意识到我已经来到了智利且一切都会好起来的，尽管两天后我们就要返回西班牙。一种末世论。

第二年，也就是 1999 年，我应书展之邀来到智利。几乎所有的智利作家，我猜是为了庆祝我刚获得罗慕洛·加列戈斯奖，决定集体攻击我，像智利人说的那样，"成团结伙"地来。我进行了反击。有一位上了年纪的女士，她一辈子都在靠国家施舍给艺术家的救济金过活，却说我是个宫廷侍从。我从没做过任何国家的文化专员，所以这一指责让我很诧异。还有人说我是个马屁精，这和"成团结伙"可不是一回事。[1] 马屁精不一定属于某个团体，尽管有人可能会不假思索地这么认为，但每个团体里都会有马屁精。所谓马屁精就是阿谀奉承、溜须拍马、趋炎附势的人，在正规西班牙语中叫舔屁股的人。令人难以置信的是，说这些话的智利人，不管是左派还是右派，为了维护自己那点可怜的声名，不停地奉承别人，而我所取得的一切（其实并不多）没靠任何人。他们到底不喜欢我什么呢？呃，有人说不喜欢我的牙齿。这一点我完全同意。

1998—1999

---

[1] "patero"（马屁精）和"patota"（成团结伙、小团体）在西班牙语中拼写相近。

所多玛[1]的学者

---

[1] 所多玛（Sodoma）是《圣经》中记载的一个耽溺男色而淫乱的城市。后文提到的"肛交"（sodomía）一词即由此词衍生而来。

献给塞莉纳·曼佐尼

I

那是 1972 年，我能看到 V. S. 奈保尔漫步在布宜诺斯艾利斯的街头。实际上，他有时是闲逛，但有时，当他要前往事先约好的会面、已做安排的约见地点时，就会步履匆匆，眼睛只盯着能为他顺利到达目的地铺平道路的东西，无论目的地是一处私人宅邸，还是餐厅或咖啡馆，通常是后者，因为很多答应与他交谈的人更愿意约在公共场所，好像这个古怪的英国人令他们感到惧怕，又好像亲眼见到《米格尔街》和《毕司沃斯先生的房子》的作者让他们有点惊慌，他们会想：好吧，我可没想到是这种见面。或者：这不是我原本打算与之交谈的那个人吧。又或者：事先也没人跟我说过啊。而奈保尔已经在那儿了，他看似只留意外部动静，但事实上也在洞察人心，尽管过后他会用自己的方式来解释，有时候是很随意的。1972年他正活动在布宜诺斯艾利斯，边走边写，或说他可能只有在双腿行走于这座陌生城市时才想写作，他还年轻，才四十岁，但已经有一部代表作傍身，那重量压在他肩上，却没妨碍他敏捷地穿行于布宜诺斯艾利斯，尤其是当他必须赶赴约会时。作品的分量，我们得继续探讨这个问题，一部作品的分量和荣耀，一部作品的分量和责任，这些并没有妨碍奈保尔灵活挪动双腿，或抬手拦下一辆出租车，此刻他表现得就像他本该成为的人，即一个守时赴约的人。但当他在布宜诺斯艾利斯漫步且无须遵循英国人的守时礼仪赴约时，当他没有任何急迫的任务而只是在那些陌生的街道上闲逛时，就会感到背负的作品的分量，而这座南半球的城市跟北半球的那些城市如此相似，却又截然不同，一个洞，一种突然被什么人吹胀的虚空，一次只对当地人有意义的表演。此时，他才感觉到背上作品的重量，负重行走令他筋疲力尽，又恼又羞。

Ⅱ

多年以前，在奈保尔获得诺贝尔奖之前，我曾想写一篇名为《所多玛的学者》的小说，主角正是奈保尔，一位在我看来颇值得欣赏的作家。故事开始于布宜诺斯艾利斯，奈保尔曾为写一篇关于埃娃·庇隆的长篇报道去到那里，后来这篇报道被收入 1983 年塞依斯·巴拉尔出版社在西班牙出版的一本书。在我的小说中，奈保尔抵达布宜诺斯艾利斯，我想这是他第二次到访这座城市，他搭乘一辆出租车，然后我就卡在这里了，但这并不能很好地说明我的创造力。我脑海里还有其他一些情景没写出来，特别是一些社交场面。奈保尔在一家报社的编辑部里。奈保尔在另一家报社的编辑部里。奈保尔在一位积极参与社会运动的作家家里。奈保尔在一位上流社会出身的女作家家里。奈保尔在打电话，很晚才回到酒店，失眠，记录见闻，一丝不苟。奈保尔观察人群，坐在一家著名咖啡馆的某张桌子旁的椅子上竭力不漏掉任何一个字。奈保尔在博尔赫斯家里。奈保尔回到英格兰并整理笔记。那是对一系列事件简要但并不乏味的追踪：庇隆派的选举，庇隆的回归，庇隆的当选，庇隆阵营内斗的最初迹象，右翼武装集团，游击队，庇隆之死，他的遗孀当选总统，难以形容的洛佩斯·雷加，军队的态度，庇隆主义的右翼与左翼之间冲突加剧，政变，肮脏战争，大屠杀。可能我把顺序搞错了，也许在政变之前奈保尔就写完了报道，在失踪人数被曝光、暴行程度被证实之前就发表了文章。在我的小说中，奈保尔只是在布宜诺斯艾利斯的大街小巷中穿行，不知何故，可能预感到城市将被地狱吞没。这样的话，他的报道就可以成为一则谨小慎微的预言，不及萨瓦托的《毁灭者亚巴顿》的预言水平，但善意地说，可以算同类吧，都属于因恐惧而停滞的虚无主义作品。当我说"因恐惧而停滞"时，就是字面意思，不是贬义。我想到那些面对突如其来的恐怖袭击而呆住的小男孩，他们甚至无法闭上眼睛。我想到那些在强奸犯完成施暴前就死于心脏病突发的小女孩。某些文学艺术家就像这些小男孩和小女孩。在我的小说中，奈保尔就是如此，尽管他并不情愿。他睁着双眼，保持着一贯的清醒。他有着西班牙人所说的"坏脾气"[1]，这是抵御虚伪矫情之人攻击的解药。但他或说他的天线还是捕捉到了布宜诺斯艾利斯街头夜色中来自地狱的静电。问题在于他不知道如何解读这种信号，这也是经常令某些作家、某些文学艺术家

---

[1] 原文为"mala leche"，字面意思是"坏牛奶"，在西班牙语中常用来形容一个人脾气不好、心情不好、性格恶劣。

困惑的问题。奈保尔对阿根廷的看法负面到了极点。随着时间推移，这个国家——不仅这座城市——在他眼中变得越来越令人难以忍受、令人痛苦。仿佛每结识一个新朋友，每造访一个地方，他对这里的厌烦就增加一分。在我的小说中，我记得，奈保尔和比奥伊[1]约好在后者常去的网球俱乐部见面，尽管比奥伊去那儿早就不是为了打球，而是为了喝杯苦艾酒，和朋友们闲聊，晒晒太阳，在奈保尔看来，比奥伊和他的朋友们还有整个网球俱乐部就是一座活生生的人类愚蠢纪念碑，是整个国家愚昧化的显现。他与记者、政客或工会人士接触后也留下了同样的印象。每天晚上，在筋疲力尽的一天结束后，他沉沉睡去，常梦见布宜诺斯艾利斯和潘帕斯草原，实际上，他梦见的是阿根廷，整个阿根廷，所有这些梦都无一例外沦为噩梦。倒不是说阿根廷多受拉美其他国家喜爱，但我敢肯定没有哪位拉美作家写出过比奈保尔更具毁灭性的批判文字。就连智利人都没写出类似的东西。有一次，我跟罗德里戈·弗雷桑[2]聊天，问他

---

[1] 应指比奥伊·卡萨雷斯（Bioy Casares，1914—1999），阿根廷小说家、记者，曾与博尔赫斯合写《布斯托斯·多梅克纪事》等多部作品。

[2] 罗德里戈·弗雷桑（Rodrigo Fresán，1963—　），阿根廷小说家、记者，波拉尼奥的密友。

怎么看奈保尔此文。弗雷桑，对英语文学如数家珍，却几乎不记得奈保尔这篇报道，尽管奈保尔是他最喜欢的作家之一。总之，奈保尔倾听并记下自己的印象，更重要的是，他在布宜诺斯艾利斯到处游走。然后突然间，在未提醒此篇报道的读者的情况下，他开始谈论肛交。作为阿根廷风俗的肛交。一种不限于同性恋人间的行为，实际上，现在想想，我不记得奈保尔提到了同性恋一词。他谈论的是异性恋。你可以想象，奈保尔坐在酒吧里最不起眼的椅子上（甚至可能是在一家街角小店里，既然我们是在想象），听着记者们聊天，先聊会儿政治，这个国家如何自信而快乐地走向悬崖，接着为了调节气氛，他们聊起了风流韵事、猎艳和情人。奈保尔记得，那些面目模糊、没有表情的情人，在某一刻都经历了肛交。我从后面上了她，他写道。这种行为在欧洲，他反思道，让人感到羞耻或至少难以启齿，但在布宜诺斯艾利斯的酒吧里，却被大肆宣扬，像男子气概的标志和终极姿势，如果你没有操过你的情人或女朋友或老婆的屁股，实际上你就根本不曾占有她。就像政治领域的暴力和无知令他感到惊恐一样，"操她屁股"这种性习俗在奈保尔看来暗含强奸的意味，引起他的厌恶和蔑视。这种对阿根廷人的蔑视随着文章的展开越来越强烈。当然，没人能在这种邪恶的风俗中幸免，或许有一个，文章中引述了一个人的话，他也谴责肛交，不过没有奈保尔那么强烈。其他人，或多或少都接受这种行为，并这么干或者曾经这么干过了，这促使奈保尔得出结论，阿根廷是一个冥顽不化的大男子主义国家（一种被鲜血和死亡场景轻轻覆盖的男权主义），而庇隆，在这失控的人间地狱里，就是个超级大男子主义者，而艾薇塔就是那个被占有、被完全占有的雌性。奈保尔认为，所有文明社会都会谴责这种变态和凌辱性的性行为，除了阿根廷。在他的文章或可能是在我的小说中，奈保尔的眩晕感越发强烈。他的闲逛变成了梦游者无休止的徘徊。他的胃变得虚弱，可以说单是那些他拜访并与之交谈的阿根廷人的物理存在就足以引起他难以抑制的恶心。他试图找到一种解释，他认为最合乎逻辑的推断是将这种邪恶癖好归咎于阿根廷人的出身，这里是移民之地，阿根廷人的祖先都是西班牙或意大利的贫苦农民。那些西班牙或意大利农民性情彪悍，不仅给潘帕斯草原带来了他们的贫苦，还带来了包括肛交在内的性习俗。他似乎对这个解释感到满意。实际上，这种解释如此显而易见，以至于他不用花太多时间深思熟虑。我记得当我读到这一段——也就是奈保尔写下他所认为的阿根廷肛交习俗的源头时，还是有些惊讶的。这个解释不仅漏洞百出，还缺乏历史或社会依据。奈保尔对1850

至 1925 年间西班牙和意大利农民及乡村劳动者的性习惯了解多少？也许，在深夜流连于科连特斯[1]的那些酒吧时，他曾听某个体育记者说起过他爷爷或太爷爷的性壮举，即在西西里或阿斯图里亚斯生活时，晚上干过绵羊。有可能。在我的小说里，奈保尔合上双眼，开始想象某个地中海的年轻牧羊人在干一只绵羊或山羊，过一会儿，牧羊人抚摸着羊睡着了，牧羊人在月光下梦见：多年以后的自己变得更高更胖了，还留起了大胡子，已婚并生了一大堆孩子，儿子们都在田里干活，他们的羊群壮大（或缩小），女儿们在家里或院子里干活，任由他或她们的兄弟触碰身体，而他的妻子，既是女王又是奴隶，每天晚上与他肛交，被他操屁股。令人印象深刻的画面，与其说是残酷的现实，不如说是某位 19 世纪的法国色情作家的田园色情幻想，就像一张被阉割过的公狗的脸。我不是说在西西里或瓦伦西亚生活的那些正经农民夫妻就没有肛交行为，但绝没有在大洋另一边这么频繁，当作一种注定要延续下去的习俗。如果奈保尔说的移民来自希腊，那我们或许可以再考虑考虑。有庇隆这样的将军，阿根廷可能会好一点，好得不

---

[1] 科连特斯（Corrientes），阿根廷北方的一个省，省会也叫科连特斯。

多，一点点，但总归好一点。哎，要是阿根廷人说希腊语该多好，一种受比雷埃夫斯和萨洛尼卡 [1] 的黑话影响的布宜诺斯艾利斯希腊语，里面有高乔人菲耶雷斯科普洛斯[2]，尤利西斯的快乐副本，马塞多尼奥·埃尔南迪基斯[3]用锤子修整普洛克路斯忒斯之床[4]。然而，无论好坏，阿根廷就是它所是的样子，来自它所来自的地方，要知道，那地方可能是世界上的任何一处，除了巴黎。

1999—2000

---

[1] 比雷埃夫斯（Pireo）和萨洛尼卡（Salónica）都是希腊的城市。

[2] 原文为"Fierrescopulos"，可拆解为 Fierro 加上典型的希腊人名后缀"-scopulos"。菲耶罗（Fierro）是阿根廷民族史诗《马丁·菲耶罗》中的主人公，是高乔人精神的代表。

[3] 原文为"Macedonio Hernandikis"，应是对阿根廷作家、哲学家马塞多尼奥·费尔南德斯（Macedonio Fernández）名字的改写，"-ikis"是常见的希腊人名后缀。

[4] 普洛克路斯忒斯（Procusto）是古希腊神话中的一名强盗，他开设黑旅店，让身高者睡短床，将伸出床外的肢体截断，又让身矮者睡长床，强拉其躯体与床等齐。

迷宫

他们坐着，望向镜头。从左到右分别是 J. 昂里克、J.-J. 古、Ph. 索莱尔斯、J. 克里斯蒂娃，M.-Th. 雷韦耶，P. 居约塔，C. 德瓦德和 M. 德瓦德。

照片没有署名。

他们围坐在一张桌子旁边。那桌子普普通通，很常见，可能是木质的，也可能是塑料的，或者是大理石面配金属桌腿，不过，我无意详细描述它。这张桌子足够大，可以让上面提到的所有人都坐下，他们在一家酒吧里，或说看上去好像在那儿。暂且说是在酒吧里吧。

照片中的八个人，摆好姿势拍照，他们坐成扇形或说半月形或说过于开放的马蹄形，目的是确保每个人都能清晰完整地入镜。换句话说，没人背对镜头，没人必须侧身。他们前面，或更准确地说，在他们和摄影师之间（这有点怪），有三棵植物很突出：一棵杜鹃、一棵榕属植物，还有一棵长生草，它们被种在同一个花槽里，可能，当然只是可能，是为了隔断酒吧里两个明显不同的区域。

几乎可以确定，照片拍摄于1977年左右。

但我们还是回到这些人物身上吧。左起，正如我说过的，J. 昂里克，就是雅克·昂里克，生于1938年，《地心之火》《穿越中国的阿尔托》《狩猎》的作者。[1] 昂里克是一个强壮魁梧、肌肉发达的男人，但好像不是特别高。他穿着一件格子衬衫，袖子卷起到小臂的一半处。他不是通常意义上的帅哥，更像农民或建筑工人，脸庞方正，长着浓眉和一下巴黑胡茬，这胡子一天得刮两遍（有人这么说）。他跷着二郎腿，两手交叠放在膝盖上。

他旁边是 J.-J. 古。关于 J.-J. 古我们知道得不多。他可能叫让-雅克，但在这个故事中，为了方便，我们还是继续以首字母称呼他。J.-J. 古很年轻，一头金发，戴着眼镜，他的脸算不上引人注目（尽管跟昂里克比起来，他不仅更帅还更聪明），但下颌线条对称，嘴唇饱满，下唇比上唇稍厚一些，穿着高领毛衣和深色西装外套。

J.-J. 古旁边是 Ph. 索莱尔斯，菲利普·索莱尔斯，

---

[1] 原书名均为法语，分别是 *Archées*、*Artaud traversé par la Chine*、*Chasses*。

1935 年出生,《原样》[1] 杂志的创办者,《戏剧》《数字》《天堂》的作者,[2] 世人皆知的公众人物。索莱尔斯双臂交叉,左臂撑在桌面上,右臂搭在左臂上(右手随意地抓着左臂的手肘)。他的脸圆圆的,还不能说发福,但可能几年后就会变成一张爱美食的老饕的脸。他嘴角浮现讽刺、狡黠的笑意。眼睛比昂里克或 J.-J. 古的要生动,当然也更小,一直盯着镜头,一对黑眼圈给他的圆脸平添了忧虑又戏谑的表情,带着一种玩世不恭的意味。和 J.-J 一样,他也穿着高领毛衣,不过索莱尔斯的毛衣是白色的,纯白,但 J.-J 的毛衣好像是黄色或浅绿色的。毛衣外面套着一件一眼看上去像西装的外套,深色的,但也可能是件更轻便的外套,也许是一件麂皮夹克。他是唯一在吸烟的人。

　　索莱尔斯旁边是 J. 克里斯蒂娃,朱莉娅·克里斯蒂娃,保加利亚裔符号学家,也是索莱尔斯的妻子。她的著作有《符号的变迁》《恐怖的权力》《语言:这个未知的东西》。[3] 她很瘦,颧骨有些突出,黑发梳成中分,在

---

[1] 《原样》(*Tel Quel*)是 1960—1982 年间出版的法国左翼前卫文学杂志,在六七十年代是结构主义与后结构主义思潮的核心阵地之一。

[2] 原书名均为法语,分别是 *Drame*、*Nombres*、*Paradis*。

[3] 原书名均为法语,分别是 *La traversée des signes*、*Pouvoirs de l'horreur*、*Le Langage, cet inconnu*。

脑后盘成一个圆髻。她的眼睛是深色的，和索莱尔斯的眼睛一样，炯炯有神，但最根本的不同在于克里斯蒂娃的眼睛比索莱尔斯的更大而且传递出某种家的暖意（也可以说是一种平和）。她只穿了一件高领毛衣，非常紧身，但领口那里有些松，V形的长项链，更加凸显胸部的线条。其实，乍一看，朱莉娅·克里斯蒂娃像是越南人。但她的胸似乎比许多越南女性丰满很多。她是唯一微笑且露出部分牙齿的人。

克里斯蒂娃旁边是 M.-Th. 雷韦耶。关于她，我一无所知。她好像是叫玛丽－泰蕾兹。我们就假设是这样吧。不管怎样，玛丽－泰蕾兹是目前为止第一个没穿高领毛衣遮住脖子的。实际上，昂里克也没穿，不过他脖子短，就像没脖子似的，玛丽－泰蕾兹·雷韦耶则不同，她的脖子修长，完全裸露于那件深色上衣之外。她的头发又长又顺，中分，浅棕色，也有点像淡金色。她的脸微微向左转，令我们看到一颗珍珠缀在耳边，好像迷失的卫星。

玛丽－泰蕾兹·雷韦耶旁边是 P. 居约塔，即皮埃尔·居约塔，1940 年出生，《五十万士兵的墓》《伊甸园，伊甸园，伊甸园》和《卖淫》的作者。[1] 居约塔秃

---

[1]　原书名均为法语，分别是 *Tombeau pour cinq cent mille soldats*、*Eden, Eden, Eden*、*Prostitution*。

顶。这是映入人们眼帘的首要特征。他也是这群人里最有魅力的男人。就是说：他的秃顶光彩照人，他的头很大，黑发却仅能覆盖两鬓，看起来像凯旋的罗马将领头上的月桂叶头冠。他的脸流露出夜行者的神情，不失端庄，不露声色。他穿着皮夹克、衬衫和T恤。T恤（这里应该是弄错了）是白色的，有黑色横条纹，领口处是一圈更粗的黑条纹，像小孩或苏联伞兵穿的。他的眉毛又细又线条清晰。实际上，眉毛是他那宽阔额头和时而专注时而冷漠的脸之间的分界线。他的眼神充满好奇，但也可能是骗我们的。他紧抿着嘴唇，这也许是个下意识的动作。

跟居约塔坐在一起的是C. 德瓦德。C是卡罗琳、卡罗尔、卡拉、科莱特还是克洛迪娜？我们永远不知道。方便起见，我们就叫她卡拉·德瓦德吧。她可能是这群人里最年轻的。一头短发，没有刘海儿，尽管照片是黑白的，但可以推测她的肤色是南欧人的橄榄色。卡拉·德瓦德可能有法国南部或加泰罗尼亚或意大利人的血统。只有克里斯蒂娃和她一样是较深的肤色，不过前者的皮肤在光线下呈金属般的古铜色，而卡拉·德瓦德的皮肤则光洁且富有弹性。她穿着深色毛衣，圆领的，还有一件衬衫。通过她的嘴唇和眼睛，我们能看到的不仅是微笑的痕迹，更像是一种赞赏的表情。

卡拉·德瓦德旁边就是 M. 德瓦德了。大概就是作家马克·德瓦德，1972 年时他还是《原样》杂志编委会的一员。他与卡拉的关系显而易见：他们是夫妻。他们会是兄妹吗？也可能，但外形上相差太大。马克·德瓦德（我不想称他为马克，更愿意把 M 解释成马塞尔或马克斯）是金发，脸蛋胖乎乎的，眼神清澈，因此认定他们是夫妻更合理些。德瓦德，为了与众不同，穿了一件高领毛衣，但还是与 J.-J. 古、索莱尔斯和克里斯蒂娃撞衫了，外加一件深色西装。他的大眼睛很漂亮，嘴角透露着坚定。头发，前面说过是金色的，很长（他是所有男人里头发最长的），优雅地向后梳着。他的额头很宽，略鼓出来。他下巴上有个酒窝，但也可能是照片的颗粒感带来的错觉。

有几个人直视着摄影师？只有一半：昂里克、J.-J. 古、索莱尔斯和 M. 德瓦德。玛丽－泰蕾兹·雷韦耶还有卡拉·德瓦德望向左边，昂里克那边。居约塔的视线略偏右，可以说是落在距离摄影师一两米的地方。克里斯蒂娃的视线是这一情形下的所有人中最奇怪的，表面上望向相机，实际是在看摄影师的腹部或更确切地说是摄影师臀部和虚无之间的空白处。

这张照片可能拍摄于冬天或秋天，也可能是初春，反正不可能是夏天。谁穿得最多？毫无疑问是 J.-J. 古、索莱尔斯还有 M. 德瓦德，他们在高领毛衣之外还穿了外套，尤其是 J.-J. 古和 M. 德瓦德，看上去就穿得很厚。克里斯蒂娃则不一样，她的高领毛衣很薄，可以说是"美丽冻人"，而且她就只穿了一件。接下来是居约塔，他比前面提到的四个人穿得都厚。虽然看上去不像，但他是目前唯一穿了三层衣服的人：黑皮夹克、衬衫和条纹 T 恤。即便照片在夏天拍，他可能也还是穿这么多。不是没可能。唯一确定的是，居约塔的着装让人觉得好像他只是路人。卡拉·德瓦德则不同，她的穿着恰到好处。她的衬衫领子从毛衣领口翻出来，看起来柔软温暖，毛衣是休闲款，薄厚适中，质地优良。最后，我们来看看雅克·昂里克和玛丽－泰蕾兹·雷韦耶。昂里克，事实证明他不是个怕冷的人，他的加拿大伐木工人衬衫似乎很保暖。玛丽－泰蕾兹·雷韦耶可能是穿得最单薄的，低领薄针织衫里面什么也没穿，只有黑色或白色的胸罩。

无论穿多穿少，这张 1977 年左右拍摄的照片里的所有人都是朋友，其中有一些人还是情侣。最引人注目的一对是索莱尔斯和克里斯蒂娃，卡拉·德瓦德和马克·德瓦德也明显是一对。可以说他们是关系比较稳定的情侣。然而照片中出现的一些符号（以特定方式排列的物品，杜鹃惊恐又富有音乐感的存在，它的两片叶子侵入榕属植物之间，好像云与云的融合，花槽里的草看起来更像火焰而非草，向左倾斜的长生草仿佛徒劳地凝视着什么，玻璃杯都放在桌子中央而非边缘——除了克里斯蒂娃的，好像大家都担心杯子会马上跌落）则让我们预感到他们之间的关系其实是更复杂微妙的。

让我们想象一下 J. -J. 古正从他的厚眼镜片下观察着我们。

他在照片里的位置暂时空出来，我们看到他沿医学院路走着，胳膊下夹着两本书，好像一本也不能少，然后拐向圣日耳曼大道，在那里他又朝马比荣地铁站走去，但到达目的地前他在一家酒吧门口停了下来，看了眼时间，走了进去，点了一杯干邑白兰地。过了一会儿，他离开吧台，坐在靠窗的一张桌子旁。他要做什么？他打开了一本书。我们无法知道他看的是哪本，但无论如何，J.-J. 都很难集中精力阅读，差不多每二十秒就抬眼望一下圣日耳曼大道的人行道，眼神逐渐暗淡。下雨了，人们撑着伞行色匆匆。J.-J. 的金发没被淋湿，所以我们猜测是他进到酒吧后雨才开始下的。夜幕降临，J.-J. 仍坐在同一个地方，他已经喝了两杯白兰地、两杯咖啡。如果我们靠近一些就能注意到他眼下的两片"战区"，即他的两个黑眼圈。但他一直没有摘下眼镜。他看上去很沮丧。在漫长的等待后，他回到了街上，在那里他可能因为寒冷而打了个冷战。他在人行道上停了几秒钟，一动不动，左右张望，然后朝马比荣地铁站走去。到了地铁站口，他将将自己的头发，往后梳了几次，好像突然觉得自己头发乱了，尽管事实并非如此。他走下楼梯，故事随之结束，或者停留在某种渐渐面目模糊的空白之中。J.-J. 古在等谁？等他爱的人吗？某个当晚他想与之春宵一度的人？那个人的缺席将给他脆弱的心灵带来怎样的影响？

假设爽约的那个人是雅克·昂里克。J.-J. 等着昂里克的时候，昂里克正骑着本田 250cc 摩托奔向德瓦德家。不对。这不可能。我们重新想象一下，昂里克只是骑着本田在有点文艺、有点动荡的巴黎迷失了方向，而且他的缺席是策略性的，就像几乎所有爱情中的缺席一样。

那么，让我们重新梳理一下几对情侣关系吧。卡拉·德瓦德和马克·德瓦德。索莱尔斯和克里斯蒂娃。J.-J. 古和雅克·昂里克。玛丽－泰蕾兹·雷韦耶和皮埃尔·居约塔。让我们来重现那个夜晚。晚上，J.-J. 一边等人一边看书，书名我们略掉吧，他坐在圣日耳曼大道上的一家酒吧里，虽然他的高领毛衣并没有把他捂出汗，但他还是觉得浑身不舒服。昂里克半裸着躺在床上，一边抽烟，一边望着天花板。索莱尔斯正在家中书房里闭门写作（索莱尔斯的高领毛衣贴着他红润温暖的皮肤）。朱莉娅·克里斯蒂娃在大学里。玛丽-泰蕾兹·雷韦耶沿着弗里德兰大街散步，然后走到巴尔扎克大街，过往的汽车灯照亮了她的脸。居约塔在拉塞佩德大街上一家靠近植物园的酒吧里，正跟朋友们喝着酒。卡拉·德瓦德在自己公寓的厨房里，坐在椅子上，无所事事。马克·德瓦德还在《原样》杂志的办公室里，正彬彬有礼地跟一位他最欣赏也最厌恶的诗人通电话。不久后，索莱尔斯和克里斯蒂娃一起吃过晚饭后，就开始看书。今晚他们不会做爱。不久后，玛丽-泰蕾兹·雷韦耶和居约塔一起上床，他会跟她肛交。他们在卫生间聊了几句后，直到早上五点才睡。不久后，卡拉·德瓦德和马克·德瓦德也会在一起，他们俩冲对方大喊大叫，之后卡拉走进卧室，从她床头桌上那些小说里随便拿起一本，而马克会坐在书桌前尝试写作，可是写不出来。到凌晨一点，卡拉会睡下，马克则要到两点半才睡，他们都尽量不触碰对方。不久后，雅克·昂里克会下到地下停车场，骑上他的本田摩托，驶入巴黎街头的清冷，他自己也变成了一个冷冷的人，一个掌控自己命运的人，或说一个至少自认为幸运的人。只有他将目睹黎明和最后一批夜游者的狼狈撤退，他们中的每一个都好像虚构的字母表中难以辨认的字母。不久后，J.-J.

古，最先入睡的人，将会做梦，梦里出现了一张照片还有一个声音，警告他恶魔将现身，不幸的死亡将到来。这个梦，或说听觉上的噩梦，突然把他吵醒，接下来的漫漫长夜他再也无法入睡了。

然后天亮了，晨光再次照亮这张照片。玛丽－泰蕾兹·雷韦耶和卡拉·德瓦德看向左边，目光所及是昂里克肌肉发达的臂膀之外的某个东西。卡拉的目光中是认可和接受：她似笑非笑的表情和温柔的眼睛都说明了这一点。玛丽－泰蕾兹·雷韦耶则不一样，她用眼神探寻着：双唇微微张开，好像呼吸都困难，而双眼却想聚焦（或说想盯住却没能做到）在那个物体上，她关注的那个东西好像在动。两个女人把视线投向同一点，但显然那个被她们注视着的物体唤起的是截然不同的情感。卡拉的温柔大概源于单纯。玛丽－泰蕾兹·雷韦耶不安又带着防范和探寻的目光，大概是经验匮乏导致的。

J.-J. 古此刻大概要哭起来。警告他有恶魔存在的那个声音还在他耳朵里萦绕，尽管非常微弱。但他没有朝左边看，没有看向吸引那两个女人注意力的物体，而是直视着镜头，现在他的嘴角隐约浮现一丝微笑，本想表示嘲弄，但这只在此刻这片安全宁静的区域有效。

当暮色再次洒落于照片，J.-J. 古将径直回家，会给自己做个三明治，看十五分钟电视，一分钟也不多看，然后坐在客厅沙发上给菲利普·索莱尔斯打电话。电话响五声，J.-J. 会用右手慢慢放下听筒，同时将左手的两根手指放到唇上，似乎是为了确认一下自己是否还在，确认他还在那儿，坐在一间不大不小、到处堆满书的昏暗客厅里的沙发上。

卡拉·德瓦德，忘记了她顺从的微笑，准备打电话给玛丽-泰蕾兹·雷韦耶，后者会在电话响三下后立刻接起来。她们将拐弯抹角地聊天，谈那些根本不想谈的事，还会约好三天后在加兰德街上的一家咖啡馆见面。晚上，玛丽-泰蕾兹将独自出门去，没有预定的路线，卡拉则会在听到马克·德瓦德把钥匙插进锁眼的瞬间，将自己关进房间。不过这会儿不会发生什么悲剧。马克·德瓦德要读一篇保加利亚语言学家的文章；居约塔要去电影院看一部雅克·里维特的片子；朱莉娅·克里斯蒂娃会读书到深夜，菲利普·索莱尔斯也要写作到深夜，他们夫妇在各自的书房里，几乎整晚都不会交流一句半句；雅克·昂里克会坐在他的打字机前，但毫无进展，于是二十分钟后，他穿上皮夹克和靴子走入地下停车场，在黑暗中寻找他的本田摩托，之所以在黑暗中寻找，是因为车库里的灯似乎坏了，但没人知道为什么，这个夜晚好像糟透了，好在昂里克记得摩托车停放的位置，于是他继续在黑暗的车库里行走，好像走进了鲸鱼肚子里一样，没有丝毫恐惧和担心，但走到一半的时候，他将听到某种不同寻常的声响（不是敲管子的动静，也不是车门开关的声音），于是他停下脚步倾听，搞不清楚是怎么回事，但那声音没再出现，只响了一下，现在万籁俱寂。

于是夜晚结束了（或说那段短暂、可控的夜晚结束了），灯光像燃烧的绷带一样包裹着照片，然后我们又看到了皮埃尔·居约塔，现在几乎是熟人了，他的秃顶闪亮有力，穿着一件像无政府主义者或西班牙内战中的特派员穿的皮夹克。居约塔斜眼望向右边，就是我们大致推测出的摄影师身后的空间，可能是在看吧台附近的一个人，某个靠着吧台喝酒的人，那人也可能坐着，或说可能背对着居约塔，除非吧台后边有面镜子，否则居约塔没法看到那人的脸，不过这种假设有点不太可能。也许是个女人，也许是个年轻女人。居约塔看到水银镜中她的镜像和她的后颈。不过，居约塔的目光远不似他伴侣的那般热烈，后者似在探寻深渊。至此，我们当然可以得出结论：玛丽-泰蕾兹·雷韦耶和卡拉在看一个男人，而居约塔在看一个女人。这一结论又让我们确定：玛丽-泰蕾兹和卡拉在看一个她们都认识的男人，尽管她们对同一个男人的印象一如既往地（不可避免地）完全不同；而居约塔，毫无疑问，在看一个陌生的女人。

我们称他们为 X 和 Z 吧。X 是靠着吧台的女人，Z
是玛丽－泰蕾兹和卡拉都认识的那个男人。当然，她们
跟 Z 不过点头之交。从卡拉的眼神中可以看出那是个年
轻男子（她的眼神满含柔情和保护欲），但从玛丽－泰
蕾兹的眼神来看，Z 也可能是个潜在的危险人物。还有
谁认识 Z 吗？所有迹象都表明，没有其他人认识他了，
没人在意他的出现：也许他是一位曾试图在《原样》上
发表作品的年轻作者，也许是一位来自南美的年轻记
者，或更可能来自中美，曾试图写一篇关于这群人的文
学报道。他极有可能是个野心勃勃的年轻人。如果他是
一个混迹于巴黎的中美洲人，那么除了野心勃勃，他可
能也是个心怀不满的年轻人。坐在桌边的这些人，他只
认识玛丽－泰蕾兹、卡拉、索莱尔斯和马克·德瓦德。
我们不妨说他可能去过《原样》编辑部，在那里见过他
们四人（在另外某个场合，他也跟马塞兰·普雷奈 [1] 握
过手，不过普雷奈不在这张照片上）。他这辈子还未见
过其他几位，或只在他们（居约塔和昂里克）著作的护
封内侧见过其照片。因此我们可以想象，一位年轻的中

---

[1] 马塞兰·普雷奈（Marcelin Pleynet, 1933—   ），法国诗人、艺术
评论家，《原样》杂志的总编辑。

美洲小伙子，饱受饥饿，心怀不满，在《原样》编辑部里，我们也可以想象，菲利普·索莱尔斯和马克·德瓦德听着小伙子的讲述，一会儿冷漠，一会儿困惑，我们甚至还可以想象，卡拉·德瓦德当时在场完全是偶然，她只是来找丈夫的，把马克忘在书桌上的文件送来，而她来这里还因为突然再也不能忍受独自在家等待……然而我们无论如何想不出（找不到理由）的是，为什么玛丽－泰蕾兹也在编辑部。她是居约塔的伴侣，但她不在《原样》工作，在那里无事可做。然而，她确实在那里，还在那儿认识了这位年轻的中美洲小伙子。玛丽－泰蕾兹是因为卡拉·德瓦德的邀请过去的吗？卡拉约玛丽－泰蕾兹过来是因为她知道马克不会陪她一起回家吗？还是说玛丽－泰蕾兹是别人约来编辑部的？让我们悄悄回到中美洲小伙子来到雅各街向编辑部表达敬意的那个下午吧。

恰是在编辑部下班的时间。秘书已经走了，门铃响的时候，是马克·德瓦德亲自去开的门，他看都没看就让来人进了屋。这位中美洲小伙子跨过门槛，跟着马克·德瓦德来到走廊尽头的办公室。虽然外面早就不下雨了，但小伙子走过的木地板上还是留下了一串水印。当然，德瓦德不会注意这些细节，他一边在前面走，一边带着只有某些法国人才有的高雅气质随口说些无关紧要的话，关于天气啊，工资啊，还有一些躲不掉的工作。办公室里宽敞明亮，有一张桌子、几把椅子、两个沙发，还有几个堆满书和杂志的书架，索莱尔斯在等候，中美洲的小伙子急忙向他打招呼，并称赞他是本世纪最伟大的天才，这些恭维话在大西洋另一边的某些热带国家是很平常的，可在《原样》编辑部，在索莱尔斯的耳朵里，听起来却十分荒唐。实际上，这位中美洲小伙子刚说完，索莱尔斯和德瓦德就交换了一下眼神，似乎都立刻自问是不是把一个疯子迎进了门。另一方面，在索莱尔斯的内心深处，其实有八成认同中美洲小伙子对他的赞美，因此在排除此人可能是来取笑他们的想法之后，会面至少是以友好的方式开始的。来访者谈到了朱莉娅·克里斯蒂娃（当他提到这位杰出的保加利亚女性时，冲索莱尔斯眨了一下眼睛），谈到了马塞兰·普雷奈（他之前见过的），还谈到德尼·罗什[1]（他声称正在翻译罗什的作品）。德瓦德听着，露出一丝苦笑。索莱尔斯也听着，时不时点头，但每一秒都觉得无聊。突然，走廊里传来一阵脚步声，门开了，三个男人转过身来，卡拉·德瓦德出现，她穿着合身的灯芯绒长裤、平

---

[1] 德尼·罗什（Denis Roche，1937—2015），法国先锋派诗人、摄影家。

底鞋，她漂亮的、带着典型南欧人特征的脸上浮现出凄凉的微笑。马克·德瓦德从椅子上站起身，这对夫妻低声聊了一阵，有问有答。中美洲小伙子已闭上嘴保持沉默，索莱尔斯则机械地翻阅着一本英国杂志的样刊。接着卡拉和马克走进房间（卡拉迈着不安的小碎步，挽着丈夫的手臂），中美洲小伙子马上站起来，他被介绍后，谦卑地问候新来的人。接下来谈话继续，但是很不幸，中美洲人冒失的热情跑偏了（他不再谈论文学，转而开始议论法国女人无与伦比的美丽和优雅），索莱尔斯对这个话题完全失去了兴趣。告别即将到来：索莱尔斯看了一下表，说现在很晚了，德瓦德把中美洲小伙子送到门口，跟他握了握手，小伙子没等电梯，一路跑下楼梯。在通往一楼的楼梯平台上，他遇到了玛丽－泰蕾兹·雷韦耶，当时他正大声地用西班牙语自言自语。他们相遇时，玛丽－泰蕾兹注意到他眼神里的凶狠。他们撞到了彼此，互相道歉，重新看向对方（这令人惊讶，互相道歉之后又对视），于是她发现在他的眼睛中，看似自在的伪装背后是愤怒，是深不见底的恐惧与无法承受的惊骇。

因此，这位中美洲人士 Z，出现在照片中的咖啡馆里，卡拉和玛丽－泰蕾兹都认出了他，她们记起了他。他也许刚来，也许已经走过大家坐着的桌边并跟他们打过招呼，但是，除了那两位女士，其他人都不知道他是谁。对这个中美洲人来说，这类情况稀松平常，但他现在无法适应。现在他在那里，在这群人左边，和另外一些中美洲朋友一起，或是在等某些中美洲朋友，他的内心深处翻腾起屈辱和怨恨，充满光明之城[1]的冰冷与苦难。然而，他的形象是矛盾的：在卡拉·德瓦德那里，他唤起了关爱年轻人的姐姐或身处非洲的传教修女的感受；但在玛丽-泰蕾兹·雷韦耶那里唤起的，是一种铁丝网般的情绪和一丝模糊的情欲冲动。

接着，夜幕再次降临，照片变得一片空白或被夜晚机械地运作形成的痕迹弄得模糊不清。索莱尔斯正在自家书房里写作，克里斯蒂娃在隔壁书房写作——书房都很隔音，他们听不见对方的声音，比如用打字机打字、起身去书架上找书、咳嗽或自言自语。卡拉和马克·德瓦德正要离开影院（他们去看了一部里维特的片子），彼此没话可说，马克和卡拉先后跟几个熟人打招呼，而卡拉更加心不在焉。J.-J. 古正在准备自己的晚饭，一顿简餐，有面包、肉酱、奶酪和一杯葡萄酒。居约塔脱去玛丽-泰蕾兹·雷韦耶的衣服，以粗暴的动作把她扔到沙发上，玛丽-泰蕾兹在空气中捕捉到这个粗暴的动

---

[1] "光明之城"（La Ciudad Luz）在西班牙语中通常指巴黎。

作，像用一只透明的网捕捉一只透明的蝴蝶。昂里克正离开他的公寓，走下楼去停车场，地下车库的灯再次熄灭，先是通向马路的金属卷帘门附近的灯，然后是其他灯，最后是车库最深处的那盏灯，照着昂里克色彩斑斓的本田摩托，那盏灯软弱无力地闪了闪，最终消失在黑暗中，此时他只好站住，于是昂里克觉得他的摩托车好像是亚述神祇，他因这个想法而感到愉悦，但双腿却暂时拒绝迈入黑暗。玛丽-泰蕾兹正闭着眼睛，张开双腿，一条腿搭在沙发上，另一条支在地毯上，居约塔隔着她的内裤就插了进去，他唤她"我的小婊子，我的小骚货"，问她白天都做了什么，发生了什么事，在哪条街漫无目的地闲逛。J.-J. 古坐在桌旁，把肉酱抹在一片面包上，放进嘴里，先是用右边嚼，再用左边嚼，不紧不慢，身边放着一本翻开的罗伯尔·潘热[1]的书，翻到了第二页，电视关着，屏幕上映出他的样子，一个男子独自吃饭，闭着嘴，脸颊鼓鼓的，若有所思又有些冷漠。卡拉·德瓦德和马克·德瓦德正在做爱，马克在下，卡拉在上，只有走廊的灯照着他们，他们习惯留着这盏灯，卡拉呻吟着，尽量不去看丈夫的脸，他的金发此刻

---

[1] 罗伯尔·潘热（Robert Pinget，1919—1997），瑞士裔法国小说家、剧作家，"新小说派"代表作家。

乱蓬蓬的，眼睛清澈，脸庞宽阔平静，她本渴望那双纤细优美的手能点燃她的热情，但它们只是毫无意义地托着她的臀部，就好像试图将她留在身边，却并不理解她可能逃离的真正原因，那场逃离仿佛被拉长的折磨。克里斯蒂娃和索莱尔斯都要去睡觉了，先是克里斯蒂娃，明天一早她要去系里上课，然后是索莱尔斯，他们都带着各自的书上床，等眼皮打架、睡意袭来，他们会把书放在床头柜上，然后菲利普·索莱尔斯会梦到他跟一位掌握毁灭世界的秘诀的科学家沿着布列塔尼的海滨散步，那海滨漫长且人迹罕至，尽是暗黑的岩石峭壁，他们从东走到西，突然，索莱尔斯发现原来那位（一直在滔滔不绝的）科学家正是他自己，而走在他旁边的是一名杀手，明白这点的时候，他正低头看着（像汤一样湿的）沙滩上几只螃蟹爬过，又藏进沙里，还有两人留下的脚印（此处并非毫无逻辑：通过脚印可以认定凶手），朱莉娅·克里斯蒂娃则会梦到几年前她去参加研讨会的那个德国小村庄，会看到村庄里的街道干净而空旷，她会在一个非常小但被绿植包围的广场上坐下来，她会闭上双眼，聆听远处传来孤独小鸟的啼叫，她会疑惑这只小鸟是笼养的还是野生的，她感到一阵不冷不热的微风，带着薰衣草香和橙花香的微风，吹拂着她的脸庞和脖颈，完美的微风，然后她记起了她的研讨会，看了一下时间，但手表已经停止走动。

　　就这样，中美洲小伙子在照片的边界之外，而居约塔注视的那位陌生女子，此刻只倚仗着美貌的优势，与他同处于一片纯净却虚无的区域。他们没有眼神交会。他们像两道短暂共享同一危险之地的影子般擦肩而过：巴黎这流动的舞台。中美洲小伙子可能很容易成为一名杀手。也许是在回到他的祖国后，他将杀人，但不是在这里，这里他沾上鲜血的唯一方式只有自杀。这位波尔布特[1]在巴黎不会杀任何人。其实最可能的是，回到特古西加尔巴[2]或圣萨尔瓦多[3]，他大概会去大学教书。至于那个陌生女人，她不会坠入居约塔的石棉网。她坐在吧台等着男友，用不了多久她就会（跟男友或下一任男友）开始一段不幸但间或有所慰藉的婚姻生活。文学从他们这些文学生物身边经过，在他们浑然不觉的时候吻上他们的唇。

　　照片还拍下了餐厅或咖啡馆里烟雾缭绕的区域，那片区域继续从容不迫地在虚无中航行。比如在索莱尔斯身后，我们可以辨认出三个男人并不完整的身影，都看

[1] 波尔布特（Pol Pot）曾任民主柬埔寨总理、柬埔寨共产党中央委员会总书记，任内推行极左政策。
[2] 特古西加尔巴（Tegucigalpa），洪都拉斯共和国首都。
[3] 圣萨尔瓦多（San Salvador），萨尔瓦多共和国首都。

不清脸。左边这位，能看到其侧脸：前额、一道眉毛和耳朵后面，以及头顶。右边那位，能看到他的一小块额头、颧骨、几缕黑发。中间发号施令的那位，我们能隐约看到他的几乎整个额头，清晰刻着两条皱纹，还有眉毛、鼻梁的起点和不起眼的发顶。他们身后有块玻璃，玻璃后许多人好奇地在一些摊位或展台前走动，可能是书摊，大多数人背对着我们的主人公（换个角度，我们的主人公也背对着那些人），除了一个小男孩，他有一张圆脸，梳着齐刘海儿，穿着一件好像特别瘦的夹克，斜眼望向酒吧，好像他可以隔那么远观察里面发生的一切，然而，这基本没可能。

照片右边，一个角落里，我们看到一个在等待或倾听着什么的男人。他的脸刚好从马克·德瓦德的金发上方露出来。他的头发乌黑浓密，眉毛浓重，身材瘦削。一只手（随意地撑在右边太阳穴的那只手）里夹着香烟，烟头上方的一团烟雾袅袅升向天花板，镜头捕捉到这一画面，烟雾看上去像幽灵。意念力。内行只要看一眼那烟雾的形态就能在半秒钟内说出香烟的牌子。没错，就是高卢牌香烟。他的目光朝向照片的右侧，也就是说，他没注意到有人在拍照，但不知为何，他也在摆姿势。

还有其他人，如果我们仔细观察，会看到居约塔的颈部那里好像出现了一个肿瘤，那其实是一个人的侧面轮廓，他的鼻子、干瘪的额头，还有上唇的轮廓，眼神严肃，他和吸烟男子望向同一个地方，虽然他们的目光截然不同。

然后照片消隐，只剩下高卢香烟的烟雾在空气中悬浮，好像照片突然向右倾斜，跌入命运的黑洞。索莱尔斯猛地在靠近瓦格拉姆广场的某条街上停下，他在衣服口袋里摸索，好像把电话本忘在什么地方或是丢了。玛丽-泰蕾兹·雷韦耶开车行驶在马勒塞尔布大道上，也在瓦格拉姆广场附近。J.-J. 古正和马克·德瓦德通电话（J.-J. 的声线不稳，德瓦德一言不发）。居约塔和昂里克正沿着圣安德鲁艺术街向第九街走去，他们偶遇了卡拉·德瓦德，跟他们打过招呼后，卡拉就随他们一起走。朱莉娅·克里斯蒂娃刚下课，被一群学生围着，当中不乏留学生（两个西班牙人、一个墨西哥人、一个意大利人，还有两个德国人），而照片再次化为虚无。

极光。他妈的黎明。所有人睁开眼的时候，几乎都被照得透明了。马克·德瓦德穿着灰色睡衣，独自躺在床上梦见龚古尔学院。J.-J. 古透过自家的窗户望向巴黎上空的浮云，认为它们比不上毕沙罗作品中的云或他噩梦中的云。朱莉娅·克里斯蒂娃还睡着，她平静的脸像亚述人的面具，直到一丝难以察觉的痛苦让她清醒过来。菲利普·索莱尔斯靠在厨房的洗碗池边，他的右手食指滴着血。卡拉·德瓦德在跟居约塔共度一晚后，正爬楼梯回家。玛丽-泰蕾兹·雷韦耶边煮咖啡边看书。雅克·昂里克正走在漆黑的停车场里，他的靴子在水泥地面上发出回响。

一个轮廓分明的世界在他眼前展开，一个充满远处嘈杂声音的世界。感到恐惧的可能渐渐逼近，好像风正向某个省会城市袭来。昂里克停下脚步，心跳加速，试图寻找一个参照点，然而，之前他至少还能隐约看见车库深处的影影绰绰，可此刻他感觉那黑暗像是墓穴深处的空棺材一样密不透风。因此他决定一动不动。在寂静之中，他的心跳渐渐平缓，他的记忆被带回到那天的场景。他记起居约塔，那个他暗自羡慕的人，正在毫不掩饰地追求小卡拉。他看到他们在笑，然后看到他们离开，沿着街道走远，黄色的光时而散开，时而聚合，没有明显的规律，不过在昂里克的内心深处，他知道一切都有规律可循，一切皆有因果关联，人性之中罕有无缘无故。他将一只手放在裤子拉链处。这个动作，他头一次做，令他自己也很惊讶。他勃起了，但没有感到丝毫性兴奋。

1999—2000

乌利塞斯之死

贝拉诺，我们亲爱的阿图罗·贝拉诺，重返墨西哥城了。距离他离开那里已经过去二十多年。飞机经过墨西哥城上空时，贝拉诺突然醒来。伴随全程的不适感这下更强烈了。他得在墨西哥城的机场转机前往瓜达拉哈拉，去那个他受邀参加的书展。贝拉诺现在是一位有一定声望的作家，经常被邀请去很多地方，虽然他并不常出门。这是他二十多年来首次返回墨西哥。去年他收到两次邀请，但都在最后一刻决定不出席；前年收到四次，但也是在最后一刻决定不出席；三年前收到了记不清多少次，也是在最后一刻决定不出席。然而，此刻，他就在墨西哥，在墨西哥城的机场，随着人流——一些完美的陌生人——前行，去往中转区搭乘飞往瓜达拉哈拉的航班。机场走廊就像玻璃迷宫。贝拉诺走在队伍最后。他的步履越来越迟缓，越来越犹疑。在候机室，他远远看到一位也是去瓜达拉哈拉的年轻阿根廷作家。

贝拉诺立刻躲到了柱子后面。那个阿根廷人在看报,也许是文化版,专讲书展的事,过了一会儿,好像察觉到有人在看他,他抬起头四下张望,但没有发现贝拉诺便接着看报纸。又过了一会儿,一个特别漂亮的女人走近阿根廷人并从后面吻了他。贝拉诺认识她。她是阿根廷人的妻子,一个出生在瓜达拉哈拉的墨西哥女人。他俩,阿根廷人和墨西哥人,一起住在巴塞罗那,贝拉诺跟他们是朋友。阿根廷人和墨西哥人说了几句话,不知为什么他们感觉到自己正被盯着。贝拉诺试着解读他们的唇语,但没能破译。贝拉诺躲在柱子后面,直到他们转过身去,他才从藏身处走出来。当他终于离开那条走廊,准备搭乘去瓜达拉哈拉中转航班的乘客队伍已经不见了,贝拉诺却如释重负并且意识到自己既不想去瓜达拉哈拉,也不想去什么书展,而是想待在墨西哥城。于是他就这么做了。他走向出口,接受了护照检查后很快就来到机场外面,开始找出租车。

又在墨西哥了,他想。

出租车司机看到他就像看到老熟人一样。贝拉诺听过一些关于墨西哥城出租车司机和机场附近袭击事件的传闻。但所有这些传闻现在都烟消云散了。我们去哪儿,年轻人?司机问他。司机比贝拉诺年轻。贝拉诺将自己知道的乌利塞斯·利马最后的住址给了司机。好的，司机边说边踩油门，汽车驶入了城市。贝拉诺闭上眼睛，就像他以前生活在这里时一样，上车就合眼，但现在他太累了，几乎立刻又睁开眼睛，这座城市，他青春年少时代的老城市，就这样毫无保留地为他展开。什么都没变，他想，尽管他知道一切都变了。

这个早晨阴气森森。天空是土黄色的。云从南向北缓缓移动，看起来就像飘浮着的墓地，它们时而分开，露出碎片般的灰色天空，时而聚在一起，发出干土般的吱吱声，没有人能听到，包括贝拉诺，但这让他感到头疼，就像他年少时住在好景社区和瓜达卢佩－特佩亚克社区时那样。

然而，走在人行道上的人们还是老样子，或许更年轻，或许他们在他最后离开这里时还没出生，但到底还是他在1968年、1974年、1976年见过的那些面孔。出租车司机想跟他攀谈，但贝拉诺没心思搭话。当他终于又闭上眼休息时，却看到自己乘坐的出租车在车水马龙的大街上全速飞驰，而其他出租车则受到袭击，车上的乘客们带着惊恐的表情死去。那些令他隐约感到熟悉的表情和话语。那些恐惧。然后他就什么也看不见了，像石沉井底一样熟睡过去。

我们到了，出租车司机说。

贝拉诺望向窗外。他们到了乌利塞斯·利马住过的那条街。他付了钱，随即下车。您是第一次来墨西哥吗？出租车司机问。不是，他说，我很久以前住在这里。您是墨西哥人？出租车司机边说边给他找零。算是吧，贝拉诺说。

而后他独自站在人行道上，注视着那栋楼的正面。

贝拉诺留着短发，头顶秃了一块，像剃过发的修士那样。他不再是那个曾经走过这些街道的长发青年了。现在他身着黑色西装外套、灰色长裤和白色衬衫，脚穿马蒂内利牌皮鞋。他是应邀来墨西哥参加西语美洲作家大会的。他至少有两个朋友也参加了这次大会。他的书在西班牙和拉美有读者（尽管不是很多）而且都被翻译成了多种语言。我来这里干什么呢？他想。

他朝大楼的入口走去，掏出地址簿，按下乌利塞斯·利马住过的公寓的对讲门铃。长按三声。无人应答。他又按了另一户的门铃。一个女声问是谁。我是乌利塞斯·利马的朋友，贝拉诺回答。对方立刻挂断。他又换了一户按响门铃。一个男声喊道：谁啊？乌利塞斯·利马的朋友，贝拉诺边说边觉得自己越来越可笑。随着电子锁咔嗒一声响，门开了，于是贝拉诺开始爬楼梯到三楼。当他到达三楼平台时已经累出了汗。那里有三扇门和一条光线昏暗的长走廊。这就是乌利塞斯·利马度过最后时光的地方，他想。但当他按响门铃时，他发现自己莫名地期待听到朋友走过来开门的脚步声，然后看到他的笑脸从半开的门后露出来。

没人回应他按响的门铃。

贝拉诺下了楼。他在附近，就在夸特莫克社区，找到了一家旅馆。他在床上坐了很久，什么也不想就盯着墨西哥的电视节目看。没有他熟悉的节目了，但不知为何新节目也不过是新瓶装旧酒。于是贝拉诺在屏幕上看到了"疯子"巴尔德斯[1]的脸，或者觉得自己听到了他的声音。后来，他换了频道，发现一部丁－当[2]主演的电影就一直看到了结尾。丁－当是"疯子"巴尔德斯的哥哥。贝拉诺来到墨西哥生活时，丁－当已经去世了。可能"疯子"巴尔德斯那时也不在了。

电影结束后贝拉诺去浴室洗了个澡，没等擦干身体，就给一个朋友打去电话。家中无人。回答他的只有自动答录机，但贝拉诺不愿留言。

他挂了电话，穿上衣服，走到窗前望着帕努科河大街。没有人没有车也没有树，只有灰色的人行道和一种永恒的静默。而后一个小男孩和一名年轻女子出现了，

---

[1] 应指曼努埃尔·巴尔德斯（Manuel Valdés，1931—2020），墨西哥喜剧演员，绰号"疯子"。

[2] 应指赫尔曼·巴尔德斯（Germán Valdés，1915—1973），墨西哥演员、歌手，丁－当（Tin-Tan）是他的艺名。

年轻女子可能是男孩的姐姐或妈妈，他们穿过马路。贝拉诺闭上眼睛。

他不饿，不困，也不想出门。于是又回到床上坐下并继续看电视，他一根接一根地抽烟直到烟盒空了。而后他穿上黑色西装走到街上。

不由自主地，就像头脑中无法自控地哼起流行歌曲一样，他又来到了乌利塞斯·利马的家。

墨西哥城夕阳西下，经过几次失败的尝试后，终于有人帮贝拉诺开了公寓楼的大门。我肯定是疯了，他边想边一步并作两步地爬上楼梯。楼层高不会影响我。不吃东西不会影响我。一个人留在墨西哥城也不会影响我。他站在乌利塞斯家门口，等了对他而言漫长又快乐的几秒钟，没有敲门。接着他按了三次门铃。当他要转身离去，准备离开这栋楼时（尽管他知道，不是永远离开），隔壁的房门开了，一个古铜色的硕大光头探了出来，可以隐约看到那人头上闪烁着几道红色亮痕，好像刚才在粉刷墙壁或天花板，他问贝拉诺找谁。

一开始，贝拉诺不知如何回答。说找乌利塞斯·利马没有任何意义。但他突然感到不想撒谎。于是，他默默地打量着提问者：那颗大脑袋属于一个年轻人，肯定不超过二十五岁，从他看贝拉诺的眼神可以感到他有些迷糊或说他一直生活在迷糊的状态中。那间公寓一直空着，年轻人说。我知道，贝拉诺说。那你按门铃干吗啊，傻瓜？年轻人说。贝拉诺看着他的眼睛但没有回话。门完全打开了，光头年轻人走到走廊里来。他很胖，只穿着一条宽松的牛仔裤，用一根旧皮带系着。皮带扣很大，金属的，被他的肚子遮住一部分。他要揍我？贝拉诺想。他们互相打量着对方。亲爱的读者，我们的阿图罗·贝拉诺，已经四十六岁了，而且正如你们所知道的或你们应该知道的那样，他的肝脏、胰腺，甚至结肠都有毛病，但他还记得怎么打拳击，他打量着面前的这个大块头。当年在墨西哥生活时，他经常打架且从不失手，尽管现在觉得有些不可思议。校园斗殴和酒吧惹事。于是贝拉诺看着这个年轻的胖子，盘算着什么时候进攻、哪一刻出手，以及打他哪里。但胖子看了他一会儿后回头朝自己的公寓看去，这时出现了另一个年轻人，穿着棕色T恤，上面印着摆出挑衅姿态的三个男人，他们站在满是垃圾的大街中央，头顶印着红色的"街区主宰"字样。

这幅图瞬间吸引了贝拉诺的全部注意力。T恤上那三个可怜的家伙让他觉得眼熟，或许也并非如此。可能是那条街道让他觉得眼熟。很多年前我曾住那里，他想，很多年前我曾经过那里，不慌不忙，看着一切，毫无意义。

穿 T 恤的男子跟先前那位差不多一样胖，他问了一句什么，声音好像烧开水一样咕噜咕噜的，贝拉诺没听明白。不是一个咄咄逼人的问题，贝拉诺确信。什么？贝拉诺问。你是"街区主宰"的粉丝吗，傻瓜？穿 T 恤的胖子重复了一遍。

贝拉诺笑笑。不，我不是这里人，他说。

有人推了第二个胖子一把，接着第三个胖子出现了，他很黑，有点像留着小胡子的阿兹特克胖子，他问两位室友发生什么事了。三对一，贝拉诺心想，得赶紧跑。留小胡子的胖子看了他一眼，问他要干什么。这蠢货在按乌利塞斯·利马家的门铃，第一个胖子说。你认识乌利塞斯·利马？留小胡子的胖子问。是的，贝拉诺说，我是他的朋友。你叫什么，混蛋？穿 T 恤的胖子问。于是阿图罗·贝拉诺说出了自己的名字，还说他这就离开，对打扰到他们感到抱歉，但三个胖子饶有兴趣地看着他，好像开始对他另眼相待，穿 T 恤的胖子笑着说：别逗了，你不可能是阿图罗·贝拉诺。不过，他说话的语气令贝拉诺觉得，这人尽管嘴上说不相信，但心里宁愿相信眼前人真的是贝拉诺。

之后，贝拉诺就像在看一部悲伤到他永远都不会看的电影一样，看到自己出现在胖子们的公寓里，被他们招待着，还给他拿了啤酒。不，谢谢，我已经不喝酒了，贝拉诺说。他坐在一把破旧的扶手椅里，椅子布上印着枯萎的花朵图案，贝拉诺手里拿着一杯水却一直没敢喝，他被提醒过，而且也一直知道，墨西哥城的水会导致肠胃炎，与此同时，胖子们则在周围的椅子上坐好，光着上身那位甚至直接坐在了地上，好像害怕自己的重量会压坏另一把椅子，或者害怕同伴们对那种情况的反应。

光着上身的胖子表现得有些像奴仆，贝拉诺想。

接下来的情形混乱且伤感：胖子们告诉贝拉诺，他们是乌利塞斯·利马最后的门徒（他们就是这么说的：门徒），他们讲起乌利塞斯的死因，说他是被一辆神秘的黑色雪佛兰羚羊轿车撞死的，接着又讲起乌利塞斯的生活，在接连不断的醉酒狂欢中，他留下了自己的印记，仿佛那些让乌利塞斯·利马感到难受并呕吐的酒吧和房间，就是他创作全集的各个卷册。不过，他们主要还是在讲他们自己：他们组了一支摇滚乐队名为"莫雷洛斯的屁眼儿"，在墨西哥城郊区的迪厅演出；他们录制了一张专辑，但官方电台因歌词内容而拒绝播放，小电台反倒整天放他们的歌。我们越来越出名，他们说，但我们仍桀骜不驯。乌利塞斯·利马的轨迹，他们说，乌利塞斯·利马的曳光弹，墨西哥最伟大诗人的诗歌。

接着他们从说变成了做，播放起"莫雷洛斯的屁眼儿"乐队的唱片，贝拉诺一动不动地听着，僵硬地握着一口没喝的水杯，眼睛盯着肮脏的地板和墙壁，墙上贴满了"街区主宰""莫雷洛斯的屁眼儿"以及其他一些他不认识的乐队的海报，那也许是"街区主宰""莫雷洛斯的屁眼儿"的成员从前组过的乐队，那些墨西哥男孩从照片中或者地狱里看着他，手握电吉他好像挥舞着武器，或者好像快要冻死了。

1999—2000

日光浴

去年夏天我收留了一名来自第三世界的女孩。这段经历糟透了。在把她送去机场时，我整个人都崩溃了，那个叫奥尔加的女孩，同样感到崩溃。一路上我们俩哭个不停。我想跟你在一起，小可怜对我说。幸好当时没有摄影师在场。不过，我还是在车里待了一小会儿，补了妆，然后才下车。非政府组织负责接孩子们的先生就在机场问讯处旁。他看了我一眼立刻就意识到我很难过。第一次都这样，他说。他身旁是另一个女孩和她的寄养家庭。尽管我戴着墨镜，但他们还是立刻认出了我。那位妈妈走过来对我说：露西娅，你能参与这个项目对我们是莫大的支持。我不知道她是什么意思，但对她笑了笑说：我只是一名普通的志愿者。半小时后，非政府组织的那位先生带着孩子们去登机，很快便从我们的视野中消失了。我们这群寄养家长在出发大厅里静静地站着。其中一人提议大家一起去喝点儿东西。我拒绝了。我跟每个人握了握手（一个吻也没给）就离开了。在车上，我还是一直哭，直到回到自己的公寓。两天后，因为工作原因，我得去趟米兰，然后八月我又去了马尔韦利亚和马略卡。终于，夏天结束，工作季正式开始。

后来又发生了一堆事。

八个月之后，还是那位非政府组织的先生写信问我是否愿意七月时收留另一个孩子。我将这封信装在包里，一整天都琢磨着这件事，最后决定再经历一次。我打电话对他们说我愿意，前提是他们要尽一切可能让来寄养的孩子仍是奥尔加。他们说会尽力，但有一个内部规定之类的东西，我也没太听懂。有消息就给我打电话吧，我说。那个月底他们打来电话说正在努力安排奥尔加的事情。当时我正在剧院演出，一部出色的英国音乐剧，关于伦敦或曼彻斯特的穷人，故事发生在世纪之初。在这部剧里，除了表演，我还得唱歌跳舞。出人意料地，同非政府组织的通话对我的表演帮助很大。我们刚结束首演时收获的评价不太好，尤其是对我的评价。呃，也不只是针对我，其他演员也没好到哪里。但在那次通话后，我的表演开始有进步，更有力量，更令人信服，我在舞台上展现出的活力也感染了其他演员。

后来我被邀请去参加一档电视节目。我一秒都没多想，立刻答应了。

再后来我认识了戈尔卡，一位出身巴斯克地区、工作在马德里的医生，我们相爱了。

坦白讲，有一刻我完全忘记了非政府组织和那个女孩。我的生活飞速运转，采访、在其他电视节目中露面、在一部电影中担当不重要但很出彩的配角，此外我还有自己的访谈节目，节目中我会同演员、模特、体育圈及娱乐圈名人对话。

直到一天早上有人打电话给我，说奥尔加不能和我一起度过假期了。为什么？我问。尽管一开始我甚至忘了奥尔加是谁，也不知道他们在说哪个月的假期，甚至不清楚是谁在电话另一头跟我讲这些事情。听到我的问题后，那边继续用一种我完全不喜欢的教导口吻解释了一通什么内部规定，我更加困惑了。当我终于想起来整件事后，我说这会儿没空聊，明晚再打给我吧，我还是坚持要奥尔加。我们完全理解，那个声音说，这是人之常情。

故事讲到这里，我觉得有必要做个小小的澄清。娱乐圈里，有些人为了在电视和杂志上露脸，愿意陷入任何麻烦。简单说，这些人可分为两类，一类有工作，一类没工作。有工作的人为了宣传自己的新专辑或新节目会想办法去一趟印度的麻风病院。没工作的人没钱去印度，但可以探访丹吉尔的孤儿院或拉巴特的监狱，[1] 这样他们的名字就会被反复提起，以便尽快重新接到工作。当然，通常情况下，没有人会去印度，也没有人会去摩洛哥，我就是举个例子，尽管这种事也并非完全不可能：名声是靠独家新闻、你能制造出多轰动的丑闻或多非凡的善行来衡量的。然而，我不一样，七月时收留寄养女孩跟上述任何一条都无关。没有一家娱乐媒体知道我做这件事。奥尔加住在我公寓的事是个秘密，我们一家人在马略卡度假的那些日子也是远离公众视线的。有时出于剧本需要，我会装傻，但我好歹上过大学还拿到了艺术史的学位。

所以，我要明确的一点是，我收留那个女孩并不是为了自我炒作。我不反感媒体宣传，但庸俗的宣传和高雅的宣传之间是有界限的。我从小就被教导，永远不要逾越那条线，或者一辈子只能逾越一次。

第二天，非政府组织的人给我打来电话。他们已经竭尽所能，但奥尔加还是来不了。而后他们跟我说起玛丽亚姆或玛丽亚，一个十二岁的撒哈拉女孩，刚在战争中失去父亲。他们说她很可爱，有着这个年龄难得的机灵。奥尔加也是十二岁。我想到了这点，然后又想到她的生日，想到我甚至连张贺卡也没给她寄，突然我哭了

---

[1] 丹吉尔（Tanger）和拉巴特（Rabat）均为摩洛哥的城市。

起来，而那时，非政府组织的某个家伙还在滔滔不绝地向我讲述有关玛丽亚姆的情况。这个女孩目睹了各种暴行，他说，却依然保持着纯真。这是什么意思？我问。意思是尽管历经种种不幸，但她还是个孩子。可她都十二岁了，我说。露西娅，您没有见过我所见过的那些事，他说。声音轻柔得像在撒娇。这家伙在撩我！他开始给我讲故事，不是关于那些孩子的，而是他自己的经历。做这份工作得经常出差。我也经常出差，我说。我知道，他说。我们聊了一会儿各自的出差经历。接着，我说我愿意接待玛丽亚姆，然后就挂了电话。

　　这个消息我只告诉了我的父母和姐姐，对戈尔卡守口如瓶。一方面因为他当时不在马德里（他去马略卡参加帆船赛了），另一方面则因为我是个独立女性，收留玛丽亚姆的决定是我自己做的，跟任何人没有关系。当然，戈尔卡有自己的夏日计划，尚未明确的计划是去加勒比海的一个小岛旅行，然后在马略卡待到九月初，去找他那些爱好运动的朋友。我非常喜欢大海，喜欢帆船比赛。事实上，我比戈尔卡玩得更好，他的爱好是最近才培养的（而我从小就开始玩儿了），不过每个人都有权随心所欲地消磨自己的时间。

1999—2000

海滩

我戒掉了海洛因回到家乡并且开始接受药物治疗也就是诊所给我开的美沙酮，然后除了每天早上起床看电视和晚上试着入睡之外，我几乎没有其他事情可做，但我睡不着，有什么东西阻止着我闭眼休息，这就是我的日常，直到有一天我再也不能忍受便去镇中心的一家商店买了套黑色泳衣，然后穿好泳衣带着浴巾和一本杂志去往海边，我把浴巾铺在离海不太近的地方而后伸了个懒腰又想了一下要不要下水，我想了很多去的理由，但也想了一些不去的理由（比如海边有很多玩水的孩子），终于时间就这样打发过去了，于是我回了家，第二天早上我买了防晒霜后又去了海边，到了大约十二点，我去诊所服下了美沙酮又和一些熟面孔打了招呼，不是朋友，只是在服用美沙酮的队列里有些眼熟的人，尽管他们看到我穿着泳衣很惊讶，但我若无其事，然后走回海滩，这次我第一次跳入水中并试着游泳，尽管没成功，但对我来说足够了，第三天我又涂着满身防晒霜去了海滩而且不一会儿我就在沙滩上睡着了，我醒来时觉得很解乏，而且后背也没晒伤，就这样过了一个星期，也许是两个星期，我不记得了，唯一确定的是我晒得越来越黑而且我不跟任何人说话但仍感觉越来越好，或说感觉不同，尽管这是两回事，但在我看来却差不多，某天一对老夫妇出现在海滩上，这事我记得很清楚，他们显然已经一起过了很多年，老太太胖胖的，或说有些发福，大概七十岁，老头儿瘦瘦的，不是一般地瘦，像个行走的骷髅，我想这就是他们引起我注意的原因，因为我通常很少关注来海滩的人，注意到他们就是因为那个人很瘦，看到他我吓了一跳，我想，操，死神来找我了，但他没来找我，那只是一对老夫妇，大概男的七十五女的七十，或者反过来，老太太看起来身体很棒而老头儿好像随时可能死掉或说这是他最后的夏天，起初，经历了开始的惊吓之后，我就很难把目光从老头儿的脸上移开，从他那堪堪被一层薄皮肤包着的头颅上移开，但后来我习惯了偷偷观察他们，比如，我趴在沙滩上，脸朝下，用手臂遮住脸，或者坐在海边步道面朝沙滩的长椅上，假装抖掉身上沙子的同时看着他们，我记得，老太太总是撑着一把遮阳伞来海滩并急忙躲进伞下的阴凉处，她不穿泳衣，尽管有时我也看到她穿，不过更多的时候她只是穿着一件夏装，非常宽松，这让她看起来没那么胖，老太太带着一本很厚的书，她在遮阳伞下花几个小时阅读，而她皮包骨的丈夫则躺在沙滩上，只穿着一条很小的泳裤，差不多就是条丁字裤，他如饥似渴地吸收阳光的样子让我回忆起遥远的过去，那些瘾君子一动不动地享受着，全神贯注于他们唯一能做的事，然后我就会头疼，于是就离开海滩，去滨海路吃些东西，一碟小银鱼配啤酒，之后我会边抽烟边透过酒吧的窗户望向海滩，然后我又回到海滩上，还是那对老夫妇，她在遮阳伞下，他曝晒在阳光下，然后，无缘无故地，我突然想哭，于是我下水游泳，当离岸足够远时，我看了看太阳感觉它在那里很奇怪，与我们那么不同又那么巨大的一个东西，之后我开始往岸边游（有两次差点淹死），一上岸我就倒在浴巾旁喘了好一阵子粗气，但眼睛却一直注视着那对老夫妇所在的地方，之后我可能在沙子里睡了一觉，醒来时沙滩开始变得空荡，但老夫妇还在那儿，老太太在伞下捧着小说，而老头儿则仰面躺在没有阴凉的地方，眼睛闭着但骷髅似的脸上露出奇怪的表情，好像他感受得到每一秒的流逝并怡然自得，即便太阳的光线变弱了，即便太阳已经落到那些海滨建筑的另一侧，山的另一侧，但他似乎不在意，然后，我醒来，我会看看他看看太阳，有时我会感到背部隐隐作痛，那天下午我好像被晒伤了，然后我看了看他们而后起身，把浴巾披在肩上走到滨海路的那排长椅坐下，在那儿我假装清理腿上并不存在的沙子，从那里，从那个高度，看那对老夫妇是另一番情形，我自言自语道他可能不会很快死掉，我自言自语道时间可能并不以我想象的方式存在，我对时间进行反思的同时太阳渐远拉长了建筑物的影子，之后我回到家洗了个澡，看到自己通红的后背，那后背好像不是我的而是别人的，一个我很多年后才会认识的人的，然后我打开电视看着完全不知所云的节目，直到在沙发椅里睡着，然后第二天一模一样，海滩，诊所，又是海滩，老夫妇，按部就班的日常有时会被海滩上出现的其他人打破，比如，有个女人，她总是站着，从不躺在沙滩上，下身比基尼上身蓝 T 恤，当她走进海里时只让水没过膝盖，她也看书，和那个老太太一样，但这个女人站着看书，她有时会弯下腰，姿势很奇怪，拿起一瓶 1.5 升的百事可乐喝，当然，还是站着喝，然后把瓶子扔在浴巾上，我不知道她为什么要带浴巾来，如果她从不躺在上面也不下海游泳，有时这个女人让我害怕，她看起来太奇怪了，但更多的时候我觉得她很可怜，我还看到了其他怪事，海滩上总有类似的事发生，可能因为这是唯一我们都半裸着身体的地方，但这没什么大不了的，有一次我沿着海岸走，感觉看见了一个像我一样的前瘾君子坐在一个小沙丘上，腿上放着一个几个月大的婴儿，还有一次我看到了几个俄罗斯姑娘，三个俄罗斯姑娘，很可能是妓女，她们用手机边打电话边笑，但实际上我最感兴趣的还是那对老夫妇，部分原因是我感觉老头儿随时会死去，当我这样想的时候，或当我意识到我在这样想的时候，会生出一些荒唐的念头，比如老头儿死后将发生海啸，村庄会被巨浪摧毁，或者开始摇晃，一场强烈的地震会让整个村庄灰飞烟灭，当我想到这一切时，不由双手捂脸哭了起来，我边哭边梦到（或想象）已是黑夜，比如凌晨三点钟，我离开家去海边，在海边发现老头儿躺在沙滩上，天上，在其他星星旁边，在比其他星星更靠近地球的地方，闪耀着一个黑色的太阳，那巨大的太阳黑暗又寂静，我会走向海滩躺在海沙上，海滩上只有我和那老头儿，当我再次睁开眼睛时，意识到那些俄罗斯妓女和那个总是站着的女人，以及那个抱着孩子的前瘾君子都好奇地注视着我，他们可能会纳闷这个怪家伙是谁，这个肩背晒伤的家伙，甚至那个老太太也在遮阳伞的阴凉下打量着我，暂时放下她读不完的书，他们也许会纳闷这个默默流泪的年轻人是谁，一个三十五岁一无所有的年轻人，但他正在恢复意志和勇气，因为知道自己还能再活一段时间。

2000

好景社区

我们到墨西哥的时候，是 1968 年，头几天住在母亲的朋友家，后来在好景社区租了一间公寓。我已经忘了那条街的名字，不过有时候我觉得它叫曙光街，但也许是我搞错了。在布拉内斯，我曾在曙光街的一间公寓里住过几年，所以我觉得没那么巧在墨西哥住的也是同名街道。当然，这名字稀松平常，无数的城市里有无数的曙光街。布拉内斯的曙光街，其实不到二十米长，与其说是大街，不如说是条小巷。而好景社区的曙光街，如果真叫这名字的话，是条又长又窄的大街，至少贯穿四个街区，我们定居墨西哥的头一年就住那儿。

我们的房东是个叫欧拉利亚·马丁内斯的女人。她是寡妇，有三个女儿和一个儿子。她住在这栋楼的一层，我当时觉得这是栋很寻常的建筑，但现在回头想想，它集反常和笨拙于一身，因为第二层得从外面的楼梯上去，而第三层呢，又要爬一小段金属楼梯，这两层是后建的，而且很可能没有获得规划许可。差异很明显：房子一层的天花板很高，有某种特别的气度，尽管丑，但也是根据某位建筑师的设计建造的；而二、三层则是欧拉利亚女士的审美趣味与某个值得信赖的泥瓦匠的即兴合作。这栋建筑的臃肿形态背后不完全是谋利的企图。我们这位房东有四个孩子，二、三层的四个房间就是为他们加盖的，为的是他们婚后仍可以围在母亲身边。

然而，当我们到那儿的时候，只有我们正上方的房间住了人。欧拉利亚的三个女儿都还未婚，跟母亲一起住在一层。最小的孩子佩佩，唯一成家的，跟他太太露比塔住在我们楼上。他们是那时离我们最近的邻居。

关于欧拉利亚女士，我没什么好说的。她是个强势且好命的女人，但可算不上好人。我几乎不认识她的女儿们。她们就是那个遥远的年代里人们常说的老处女，竭尽全力承受着命运，也就是说，过得不好，或者，最好的情况是当一切烟消云散后，以一种顺从又晦暗的方式，在往事或人们对往事的记忆中留下难以被察觉的痕迹。她们鲜少出现，或说我鲜少见到她们，她们看肥皂剧，跟那些在杂货店或有骨瘦如柴的印第安女人卖花样玉米饼的昏暗门廊遇到的什么人说其他女邻居的坏话。

佩佩和他太太露比塔，与她们不同。

我父母，那时比现在的我还年轻三四岁，他们与佩佩夫妇几乎一见如故。我则对佩佩更感兴趣。在这附近，所有与我同龄的男孩都叫他"飞行员"，因为他是墨西哥空军的飞行员。他太太是家庭主妇。结婚之前，她曾经在政府部门做秘书或职员。两人都热情好客或说都尽量表现得热情好客。有时我父母会上楼做客，听听唱片，喝喝小酒，消磨时光。我父母比佩佩和露比塔年长，但他们是智利人，那时候智利人认为自己是最摩登的，至少是拉丁美洲最摩登的，所以代沟被我们家两位先驱洋溢的青春气息填平了。

有一次，我也上楼去了佩佩家。他们家有间客厅，我们称之为"起居室"，布置得相当时尚，有一台唱片机，看上去像新买的，墙上和餐厅的餐具柜上有他和露比塔的照片，最吸引我的是他驾驶飞机的照片，但他对此讳莫如深，好像要永久保守着什么军事机密似的。机密情报，就像美国电视剧里说的。不过墨西哥空军的机密，坦白说，没人会为这个睡不着觉，除了佩佩，他对责任感和使命感有一种古怪的执着。

渐渐地，通过晚餐时或我学习时听到的只言片语，我拼凑出了邻居一家的生活真相。他们结婚五年，仍然没有孩子。他们定期去看妇科医生。按照医生们的说法，露比塔绝对能生育。佩佩的检查结果也没问题。是心理问题，医生们说。年复一年当不上祖母，佩佩的母亲开始厌恶露比塔。有一次，露比塔向我母亲吐露，问题出在这栋房子上，他们住得离婆婆太近。她说要是他们能搬去别的地方，她也许很快就能怀孕。

我觉得露比塔是对的。

还有一件事，佩佩和露比塔都很矮。那时我十六岁，已经比佩佩高了。我猜他不到一米六五，露比塔最多也就一米五八。佩佩肤色黝黑，头发也乌黑乌黑的，总是一副沉思的表情，好像始终有心事。每天早上，他都穿着空军制服去上班。胡子刮得干干净净，周末除外，那时他会穿上卫衣和牛仔裤，不刮胡子。露比塔皮肤白皙，头发染成了金色，而且一直是卷发，可能是在美发店烫的，或者是她自己打理的，因为她有个齐全的女士美发工具小百宝箱，那是佩佩从美国给她带回来的。她总是笑着和其他人打招呼。有时我在自己的房间里，能听到他们做爱的声音。那时，我已经开始勤奋写作，所以经常熬夜。我觉得自己的生活毫无新意。实际上，我对一切都不满意。我常常写到凌晨两三点，那时楼上的房间里会突然响起呻吟声。

起初，我觉得一切都很正常。佩佩和露比塔如果想有孩子就得做爱。但后来我开始好奇：为什么他们夜里这么晚才开始？为什么呻吟之前我什么声音都没听到？

毫无疑问，那时我的性知识主要来自电影和色情杂志。换句话说，我对此知之甚少。不过这也足以让我察觉楼上的事不寻常。佩佩和露比塔的性生活忽然在我的脑海中浮现，充斥着令人难以理解的姿势，好像楼上的房间里正在上演性虐的戏码，一种我无法完全想象的场景，并非为了获得痛感或快感而进行，更像是佩佩和露比塔不由自主地表演着这些戏剧化的动作，这也让他们渐渐精神错乱。

外人几乎察觉不到这一点。事实上，我很快就得出了一个只有我自己知道的愚蠢结论。我母亲，在某种意义上是露比塔的密友，也是她倾诉的对象，她也觉得搬家可以解决这对夫妻的所有问题。我父亲对此不置可否。我们刚到墨西哥，每天那些令人眼花缭乱的事情就够我们应付的了，根本没空操心邻居的隐私。每当我回想起那段日子，眼前会浮现出父母和妹妹，然后是我自己，尽是无比凄凉的场景。

离我们家六个街区远，有一家巨人超市[1]，每周六我们全家会去采购一周需要的东西。我对此记忆犹新。我还记得，当时我被送进一所主业会高中读书，不过为

---

[1] 巨人超市（Supermercados Gigante）是墨西哥一个大型连锁超市品牌。

了替父母开脱，我必须澄清，他们这辈子从未听说过这个组织。我花了一年多时间才意识到我上学的地方是地狱。我的伦理学老师是一名公开的纳粹分子，这事很古怪，因为他是个来自恰帕斯[1]的有着显著当地人相貌特征的小个子，还曾经获得奖学金到意大利留学，本质上是个好人，就是有点蠢，真正的纳粹分子会毫不犹豫地消灭他。我的逻辑学老师相信何塞·安东尼奥[2]的英雄意志（多年以后，在西班牙，我碰巧住在一条以何塞·安东尼奥命名的街道上），但实际上，我和我父母一样，那时对这一切一无所知。

唯一有趣的只有佩佩和露比塔。佩佩的一个朋友，其实也是他唯一的朋友，一位金发男子，是他那批飞行员中最出色的。这个瘦瘦高高的男人在驾驶战斗机时遭遇事故，受了伤，从此再也无法飞行。几乎每个周末，他都来做客，问候佩佩的妈妈和姐姐们，她们都喜欢他，然后他就上楼去佩佩的房间，待在那里喝酒、看电视，露比塔准备饭菜。有时，他也在工作日来，那时他会穿着制服，他的制服我现在有些记不清了，我想是

---

[1] 恰帕斯（Chiapas），墨西哥东南部的一个州。
[2] 何塞·安东尼奥（José Antonio，1903—1936），西班牙极右翼政治家、长枪党创始人，西班牙内战初期被枪决，佛朗哥政权建立后视其为民族主义运动的烈士。

蓝色的，但可能我记错了，如果闭上眼试着回忆佩佩和他的金发朋友，我会看到他们穿着绿色制服，那种浅绿色，很衬两个飞行员，露比塔穿着蓝色短裙（她穿的确实是蓝色）和白色罩衫站在旁边。

　　有时金发男子会留下吃饭。我父母快要休息的时候，楼上还放着音乐。在我家，只有我一个人还没睡，因为那正是我开始写作的时间。某种程度上，楼上的噪声成了一种陪伴。凌晨两点左右，人声与音乐都停止了，整栋房子出奇地寂静，不仅是佩佩的房间，我们的和他母亲的房间也如此。但支撑着扩建部分的底层房屋会在夜里咯吱作响，好像上面的楼层太重，它已经不能承受。那时，我只能听到风声，墨西哥城夜晚的风声，还有金发男子走向门口的脚步声，伴随着佩佩的脚步声，然后有人走下楼梯，同样的脚步声从我们住的楼层传来，然后他们继续下到一层，有人打开大铁门，之后脚步消失在曙光街上。那时我会停止写作（我不记得当时在写什么，可能是一些很糟的东西，但是个长篇，让我紧张焦虑），等待着佩佩的房间不再有声响，好像金发男子走后，那里的一切，包括佩佩和露比塔，都瞬间凝固了。

2000

达妮埃拉

我叫达妮埃拉·德·蒙特克里斯托[1]，是宇宙公民，尽管我出生于阿根廷的首都布宜诺斯艾利斯。我 1915 年出生，是三姐妹中最小的一个。后来我父亲再婚又生了个儿子，但那孩子没满周岁就夭折了，我父亲只能满足于已有的，也就是姐姐们和我。我不知道为什么要讲这些事。都是陈年旧事，说来矛盾，还很幼稚，也没人会感兴趣。我十三岁时失去了童贞。这可能会引起某些人的兴趣。令我破处的是一名牧场雇工。我不记得他的名字了，只知道他是名雇工，年龄在二十五岁到四十五岁之间。他没有强奸我，我确实记得这一点。至少我从头到尾都没有过这样的印象，我是说，完事后，当我在一棵树商陆后穿好了衣服，那个雇工，在树的另一边，

[1]　达妮埃拉·德·蒙特克里斯托曾以阿根廷女诗人的身份出现在波拉尼奥的另一部小说《美洲纳粹文学》中。

正若有所思地卷一根烟，随后他抽了起来，然后递给我抽了几口，这是我第一次抽烟，我记忆犹新。烟草的苦味，一望无际的牧场，还有我颤抖的双腿。不过真正颤抖的是我的思绪。我本可以去告发他。那晚以及接下来的两个晚上，我脑海里一直萦绕着这个念头。但我没那么做，有可能是因为还想再经历一次性事。有可能是因为那不是我父亲的牧场，而是他几个朋友的，所以惩罚无法由我的血亲执行，这便不算数，因为血亲的正义才是我认为的真正的正义。我父亲从来没拥有过牧场。我大姐嫁给了一名律师，一个可怜的诉棍，一辈子对父亲的形象怀有一种过分的崇拜。我另一个姐姐嫁给了一位牧场主的儿子，一个败家子，没几年就在赌博中挥霍掉一小笔财产，也因此被剥夺了继承权。总之，我的家庭一直是中产阶级家庭，尽管我们曾从各自的立场出发，以常常相互矛盾的方式，努力跻身更高的社会阶层——也就是那个稳固的、坚不可摧的、拥有正义与伦理光环的阶层——但事实是，我们从未真正脱离过这舒适的中产圈层，是的，舒适，然而它却注定让家族中最觉醒的灵魂（比如我）陷入一种变动不定的命运，早在那时，在我十三岁时，在不属于我们的牧场上，我就已隐约感觉到这种变动性像令人眩晕的幻象，那是时间中的某个空间，在那里时间本身被消除了，正如我们所知的那样，这也是为什么我一开始自称宇宙公民，而不是大家更常说的世界公民，因为我虽然老了但不傻，这点要搞清楚，世界无法容纳那样一种令人眩晕的幻象，但宇宙或许可以。可是，我刚才在谈论变动性。我在谈论我打算告发令我破处的雇工的那个夜晚。我没那么做，也没再和那个男人发生性关系。变动性，我对变动性的第一次有意识的感知，导致了发烧，所以我父亲将我送回了布宜诺斯艾利斯，在那里，我被交给了一个名叫瓜里尼的医生，一个大夫。

2000

阿尔瓦罗·罗塞洛特的旅行

献给卡门·佩雷斯·德维加

阿尔瓦罗·罗塞洛特的奇异遭遇即使不能在悬疑文学选中占据显要位置，也值得我们关注，或者至少值得我们关注几分钟。

所有 20 世纪中期阿根廷文学的爱好者——尽管数量不多但这个群体是存在的——无疑都会记得，罗塞洛特是一位有趣的作家，笔下从不缺新颖的情节，他的西班牙文文法精妙，但如果故事需要的话，他也不反对大量使用布宜诺斯艾利斯俚语，而且用得十分自然，至少我们这些忠实读者这么认为。

随着时间——一个阴险又极尽嘲讽意味的角色——渐渐流逝，我们意识到罗塞洛特并没有看上去那么单纯，也许他是个复杂的人。我的意思是，他可能比我们认为的要复杂得多。但也许还有另一种解释：他可能只不过是又一个巧合的牺牲品。

这种事在文学爱好者中并不罕见。实际上，一个人只要热爱某项事物，就免不了遭此命运。我们最终都会成为自己所痴迷之物的牺牲品，或许是因为激情与其他人类情感相比会更快走向终结，或许是因为对欲望对象的过度沉溺。

毫无疑问，罗塞洛特对文学的热爱不亚于他同时代或是他身前身后的作家。他热爱文学，但不对文学抱有过多幻想，就像大多数阿根廷人那样。我的意思是，他与其他人并没有太大的不同，他和同辈作家经历过相同的快乐与折磨，但没有任何一个人经历过与他的遭遇哪怕是有一丁点相似的事情。

关于这一点，我们完全有理由辩称：命运为每个人预备的地狱都是因其独特宿命而定的。例如安吉拉·卡普托，她以一种难以想象的方式自杀，任何一个人，只要读过她笔下充满童真童趣的诗句，都无法预见到如此残暴的死亡——她的死亡场景仿佛经过精妙的舞台设计，以期最大限度地制造恐怖。或桑切斯·布拉迪，他的文字晦涩难懂，他的生命在1970年代被军政府拦腰截断，当时他已经五十多岁，对文学（和世界）都不再感兴趣。

罗塞洛特的遭遇并不比上述这些荒谬的死亡和命运

"逊色"。他的生活在不知不觉间走向异常，换句话说，他意识到自己的作品，甚至自己的整个写作生涯，都接近或处于某种他几乎一无所知的事物的边缘。

他的遭遇讲起来并不复杂，也许因为那本质上就是一个简单的故事。1950年，在三十岁的时候，罗塞洛特出版了第一本书，书名相当简短，就叫《孤独》。这本书讲述的是巴塔哥尼亚一座偏远监狱里的日常生活，显然，小说中充满对过往生活的忏悔和对逝去的幸福时刻的追忆，暴力也比比皆是。读到一半时，读者会发现，小说中的大多数角色已经死了；等读到最后三十页，读者会猛然醒悟，除了一个人，所有人都已经死了，但书中从始至终都没有透露过那个唯一活着的角色是谁。这本小说在布宜诺斯艾利斯卖得不太好，销量还不到一千册，多亏了罗塞洛特的一些朋友，它有幸由一家颇有声望的出版社翻译成法文，于1954年出版。在维克多·雨果的国度，《孤独》这一名字被改成了《潘帕斯之夜》，出版后并没有引起人们的注意，只有两位文学评论家写了书评，一位措辞友好，另一位则有过度吹捧之嫌。然后这本书就消失在二手店最后排的书架边角或堆满书的桌子上。

1957年底，一部名为《消失的声音》的电影上映，导演是法国人居伊·莫里尼，在任何一位《孤独》的读者看来，这部电影显然是对小说之精妙的重新诠释。莫里尼的电影以完全不同的方式开始和结束，但主干内容，或说中心部分，与小说是基本雷同的。罗塞洛特在布宜诺斯艾利斯某个昏暗、半空的放映厅里，第一次观看这位法国导演的电影时的震惊和错愕之情，我们如今是无从体会了。当然，他认为自己是剽窃行为的受害者。随着时间推移，虽然他也想到了其他的可能性，但最终认为自己被抄袭的想法还是占了上风。他的一些朋友得知此事后去看了电影，其中有一半人赞成他起诉制作公司，另一半人则多多少少认为此类事件经常发生并提到了有关勃拉姆斯的抄袭争议。当时，罗塞洛特已经出版了第二本侦探题材小说，书名是《秘鲁街档案》，情节围绕布宜诺斯艾利斯三个不同地点出现的三具尸体展开，前两个人被第三个人谋杀，第三个人又被另一个身份不明者谋杀。

这部小说没有达到罗塞洛特的预期，但收获了不错的评价，尽管它可能是罗塞洛特所有作品中最不成功的一本。当莫里尼的第一部电影在布宜诺斯艾利斯上映时，《秘鲁街档案》已在城中各大书店的架子上摆放了将近一年。这期间，罗塞洛特和玛丽亚·欧亨尼娅·卡拉斯科结了婚，这位年轻女士经常参加首都文学圈的活动，罗塞洛特还在齐默尔曼＆古鲁查加律师事务所找了份工作。

他的生活很有规律：早上六点起床，写作（或尝试写作）到八点，然后暂停与缪斯的神交，洗个澡，再跑步前往办公室，八点四十五或八点五十分到达办公室。每天上午他不是忙于上庭就是在查阅案宗。下午两点他会回家和妻子一起吃午饭，接着又回到事务所。晚上七点，他常和其他律师一起去喝一杯，最晚八点钟回到家里，此时新婚的罗塞洛特夫人已经准备好了晚饭，正等着他。晚饭后，罗塞洛特开始阅读，而玛丽亚·欧亨尼娅则会听广播。周末他会多写一点，到了晚上他会独自出去见文学圈的朋友们，不带妻子。

《消失的声音》的上映使罗塞洛特在平时交往的小圈子之外获得了一定的声名。他在律师事务所里最好的朋友对文学并不感兴趣，建议他起诉莫里尼抄袭。罗塞洛特经过深思熟虑后，选择什么也不做。在《秘鲁街档案》之后，他又出版了一本薄薄的故事集。而后几乎没有停顿，他的第三部小说《新婚生活》问世了，正如书名所示，小说讲述了一对男女结婚头几个月里发生的故事。男人在结婚时以为自己已经对女人有所了解，然而随着时日渐长，男人才意识到自己犯了一个极大的错误：他的妻子不仅是一个完全陌生的人，甚至是一个威胁到他人身安全的怪物。可这个家伙爱他的妻子（或者更确切地说，他在她身上感受到了前所未有的生理吸引），于是坚持和她一起生活，直到自己再也无法忍受，最终选择逃跑。

小说的基调显然是幽默的，读者也十分买账，让罗塞洛特和编辑吃惊的是，首印在三个月内就销售一空，一年内卖出了一万五千多册。一夜之间，罗塞洛特从并不耀眼的边缘作家一跃成为暂时的明星。他并不觉得这是件坏事。他用赚来的钱带妻子和小姨子前往埃斯特角城度假，在那里，他努力阅读《追忆似水年华》，不过是偷偷摸摸地读，因为他曾向所有人撒谎说他读过普鲁斯特。他想利用玛丽亚·欧亨尼娅和她妹妹在海边嬉戏的时间弥补这个谎言，但更重要的是，他在修补自己没有读过最杰出的法国小说这一重大缺陷。

他还不如读点卡巴拉神秘主义者写的书。在从埃斯特角城度假回来后七个月，《新婚生活》还没出法语版，而莫里尼的最新电影《生活的轮廓》在布宜诺斯艾利斯上映了，电影内容和《新婚生活》完全一致，甚至比那部小说更好，导演对文本进行了相当多的修改和扩充，和他在第一部电影中采用的手法类似，小说情节被压缩为影片的中心部分，而开头和结尾则作为对主线故事的注解（有时是引言，有时是对主线情节真真假假的收尾，有时仅仅是仿佛水彩画一般精心拍摄的次要人物的生活——这正是莫里尼电影的妙处所在）。

这一次罗塞洛特极其不满。一周以来，他与莫里尼之间的纠纷成了阿根廷文坛的热门话题。所有人都认为这次罗塞洛特应该很快就会提起诉讼，而他却决定不采取任何行动，这让那些期待他就此事做出坚定表态的人感到惊讶。很少有人能完全理解他的心态。没有大喊大叫，也没有对荣誉或要求艺术家应该正直的呼吁。罗塞洛特在经历了最初的惊讶和愤慨之后，干脆选择什么都不做，至少没有采取任何法律手段，只是等待。他内心的某种东西——也许我们恰好可以将其称为作家的精神——将他困在了明显被动的境地中，并且开始保护他或改变他或为未来的意外事件做准备。

除此之外，他作为一名作家和一个男人的生活发生了相当多的变化，多到可以满足一个人能产生的一切合理期待：他的书收获了更多读者和好评，甚至为他带来了额外的收入；家庭生活也因玛丽亚·欧亨尼娅即将成为一名母亲而变得丰富起来。当莫里尼的第三部电影在布宜诺斯艾利斯上映，罗塞洛特将自己锁在家里一个星期，抵制着像着了魔一样冲进电影院的冲动。他也不允许朋友们告诉他电影的情节。他最初是不打算看那部电影的，但一周后再也忍不了了。一天晚上，他先是亲吻了儿子，将其交给保姆照顾——他心情沉重，仿佛将要奔赴战场，再也见不到儿子了，随后他自觉认命一般，挽着妻子的手，向电影院走去。

莫里尼的电影名为《失踪的女人》，与罗塞洛特的任何作品都没有任何共同之处，也与莫里尼的前两部电影完全不同。离开电影院时，他的妻子认为电影又差劲又无聊。阿尔瓦罗·罗塞洛特没说话，但内心深处也是这么想的。几个月后，他出版了一部新小说，也是他的所有小说中最长的一部（有206页），题为《杂耍者家族》。在这部小说中，他放弃了之前的奇幻和侦探元素，做了一些写作上的新尝试，如果我们一定要下个定义的话，可以称之为一部复调小说，这种风格在他笔下显得有些不自然和做作，但胜在其人物的诚实和简单。文本不仅优雅地摆脱了自然主义小说的陈词滥调，而且通过那些琐碎而勇敢的故事、快乐而无用的故事，阿根廷民族性中决不屈服的精髓得到了完美呈现。

毫无疑问，这是罗塞洛特最成功的作品，因这本书的成功，他之前的所有作品都被重印了，他本人也最终摘得市文学奖的桂冠，在颁奖词中，罗塞洛特被称作阿根廷新文学中最耀眼的五颗启明星之一。然而，这只不过是又一段历史故事而已。众所周知，任何国家文学史中最耀眼的明星都不过是昙花一现，不论这一现短至一日，还是持续十年、二十年，也终将凋落。

法国人原则上并不信任我们的市级文学奖，因此《杂耍者家族》的翻译和出版进展缓慢。那时，国际市场对拉丁美洲小说的兴趣已经转移到了比布宜诺斯艾利斯更加温暖的区域。等到这部小说在巴黎出版，莫里尼已拍完了第四部和第五部电影，一部是传统但引人入胜的法国侦探故事，另一部是关于在圣特罗佩度假的一家人的俗烂喜剧。

　　两部电影都在阿根廷上映了，罗塞洛特发现它们和自己任何一本书的内容都毫无关系，松了一口气。就好像莫里尼要与他保持距离，或者要么背负了债务，要么卷入了电影行业的旋涡，因此中断了与他的联结。感到宽慰之后，悲伤随之而来。甚至有那么几天，他满脑子想的是自己失去了最好的读者——他唯一真正为之写作的人，唯一有能力回应他的人。他试图联系他的两位法语译者，但他们正忙着翻译其他文本和其他作者，以礼貌和回避的语气回复了他的信件。一位译者从未看过莫里尼的电影，另一位只看过一部，但刚好是那部与未翻译的书有相似之处的电影，而且从他的说法来看，他也没有读过那本书。

　　罗塞洛特写信问巴黎的出版社，在书出版前，莫里尼是否接触过他的手稿。对方甚至都没有表现出惊讶，而是不情愿地回复说，在书印好前的各个阶段，许多人都可以接触到手稿。罗塞洛特感到十分尴尬，便不再以电子邮件打扰任何人，他希望把事情留到某天有机会去巴黎时再查清楚。一年后，他受邀参加了在法兰克福举行的作家大会。

阿根廷代表团人数众多，行程愉快。罗塞洛特得以结识两位布宜诺斯艾利斯的老作家，他一直将他们视为自己的老师。他试图让自己显得有用，于是主动提出为他们做一些小差事，这些差事更像是秘书或贴身男仆该做的，而非同事。他的行为导致一位同辈作家把他视为阿谀奉承的小人，因此羞辱了他，但罗塞洛特乐在其中，就没有搭理那位作家。尽管天气不好，在法兰克福的几天还是很愉快的，在此期间，罗塞洛特和两位老作家形影不离。

事实上，这种有点人为的美好氛围很大程度上是罗塞洛特自己营造出来的，他知道大会结束后自己将踏上去往巴黎的行程，而他的其他同伴则会返回布宜诺斯艾利斯或在欧洲停留几天度假。当出发的日子到来，罗塞洛特前往机场与返回阿根廷的代表团成员告别，他的眼里满是泪水。其中一位老作家注意到了，告诉他不要担心，他们很快就会再次见面，自己在布宜诺斯艾利斯的家的大门一直为他敞开。罗塞洛特没听清楚他们说的话。想到即将孤身一人，他几乎要哭了，而最重要的是，他害怕去巴黎，害怕面对在那儿等着他的那个未解之谜。

当他在圣日耳曼街区的一家小旅馆安顿下来后，做的第一件事就是打电话给《孤独》（也就是《潘帕斯之夜》）的译者，但没有成功。电话拨通了，可无人接听，出版社也不知道他的下落。事实上，出版社的人根本不知道罗塞洛特是谁，尽管他说自己在他们那里出了两本书：《潘帕斯之夜》和《新婚生活》。最后，终于有一个五十多岁的男人——罗塞洛特始终无法确定这人在公司里扮演的是什么角色——认出了罗塞洛特，紧接着，他用毫无必要的严肃口吻告诉罗塞洛特一件无关紧要的事：他的书卖得非常糟糕。

离开后，罗塞洛特去了《杂耍者家族》（莫里尼可能从未读过的那本小说）的出版社，事已至此，他只能尝试找出译者的住址，希望这位译者能帮他和《潘帕斯之夜》《新婚生活》的译者取得联系。这家出版社明显比之前那家规模要小，实际上，整个出版社只有一名秘书——至少罗塞洛特认为接待他的那个女人是秘书——和一名编辑——一个带着微笑热情拥抱迎接他的年轻人，他坚持和罗塞洛特说西班牙语，尽管很快就暴露出他其实并没有掌握这门语言。当被问及为何要联系《杂耍者家族》的译者时，罗塞洛特不知道该回答什么，就在那一刻他意识到，认为这部小说或前几部小说的译者有可能把手稿交给莫里尼这一想法是十分荒谬的。他觉得这位法语编辑为人坦率（而且看上去很闲，那天早上似乎没有比听他说话更重要的事情要做了），于是罗塞洛特决定将关于莫里尼的故事向他全盘托出。

等罗塞洛特说完，编辑点了一支烟，沉默地在不到三米长的办公室里从一端到另一端来回踱步。罗塞洛特等待着，越来越紧张。终于，编辑在一个装满手稿的玻璃书架前停了下来，问他是不是第一次来巴黎。罗塞洛特有些窘迫地承认确实如此。巴黎人都是食人族，编辑说。罗塞洛特连忙解释自己并无意起诉莫里尼，只是想见他，也许问问他，那两部可以说是情节与自己有关的电影是如何产生的。编辑放声大笑，接着说：从加缪开始，这儿的人就只在乎钱。罗塞洛特看着他，不明白这是什么意思。他不知道编辑指的是自从加缪死后，知识分子只看重金钱，还是加缪在艺术家中制定了供需法则。

我不在乎钱，罗塞洛特低声说道。我还不是一样，我可怜的朋友，编辑说，要不然我怎么会在这儿。

他们告别时，罗塞洛特答应会打电话给编辑，也说好了他们会在某个晚上见面共进晚餐。这一天剩下的时间罗塞洛特都用于观光。他参观了卢浮宫和埃菲尔铁塔，在拉丁区的一家餐厅吃饭，还去了几家二手书店。晚上，他从旅馆给从前在布宜诺斯艾利斯相熟的一位阿根廷作家打电话，这位作家现在住在巴黎。他们之间的关系也许还称不上朋友，但罗塞洛特很欣赏他的作品，而且曾经帮他在布宜诺斯艾利斯的一本杂志上发表了一些文章。

这位阿根廷作家名叫里克尔梅，他很高兴接到罗塞洛特的电话。罗塞洛特表示想在周中约他会面，一起吃午餐或晚餐，但里克尔梅甚至没听他多说，直接问他是从哪里打来的电话。罗塞洛特跟他说了旅馆的名字，并告诉他自己正准备睡觉。里克尔梅让他千万别换睡衣，说马上就赶到旅馆，今天晚上的费用由自己来付。罗塞洛特感到不知所措，无法拒绝。他已经很多年没见过里克尔梅了，当他在旅馆大堂等他时，试图回忆里克尔梅的样子：他的脸又宽又圆，金发，不高，体格健壮。他已经有一段时间没读过里克尔梅的任何作品了。

当里克尔梅终于出现在他面前时，罗塞洛特几乎认不出他了：他看起来比想象中更高，头发颜色更深，而且戴着眼镜。那天晚上，他们互相吐露了许多秘密。罗塞洛特将早上讲给法国编辑的故事一五一十地跟这位朋友又讲了一遍。里克尔梅则告诉他，自己正在创作一部伟大的 20 世纪阿根廷小说，已经写了八百多页，并且希望能在三年内完成。尽管，罗塞洛特出于谨慎不想向他提出任何与小说情节有关的问题，里克尔梅还是详细地给他讲述了书中的一些内容。他们去了几家酒吧和夜总会。当晚的某个时刻，罗塞洛特意识到自己和里克尔梅正像青少年一样行事。起初这个发现让他感到羞愧，而过后他便将自己毫无保留地投入其中，想到在夜晚结束时，他能回到自己的旅馆，罗塞洛特心里满是幸福，他的旅馆房间和"旅馆"这个词，在那一刻似乎奇迹般地（也是转瞬即逝地）成为自由和不确定性的化身。

他喝了很多酒，第二天醒来时，发现身边睡着一个女人。她叫西蒙娜，是名妓女。他们在旅馆附近的一家咖啡馆一起吃了早餐。西蒙娜十分健谈，聊天时罗塞洛特得知她不属于任何一个皮条客，因为生意被皮条客垄断对妓女来说是最糟糕的事情，罗塞洛特还了解到她刚满二十八岁，喜欢看电影。由于他对巴黎皮条客的世界不感兴趣，就西蒙娜的年龄也无法展开话题，他们便开始谈论电影。她喜欢法国电影，很快，他们就聊到了莫里尼的电影。西蒙娜认为，莫里尼的前两部电影非常好。罗塞洛特本打算在她说这句话的时候亲吻她的。

下午两点，他们一起回到旅馆，直到晚饭时间才离开。可以说，罗塞洛特一生中从未感觉如此美好过。他想写作，想饱餐一顿，想和西蒙娜一起出去跳舞，想漫无目的地在塞纳河左岸的街道上漫步。实际上，他感觉好到还没等到点甜点，就告诉了西蒙娜自己此行来巴黎的目的。出乎他意料的是，西蒙娜对于他是一名作家并不感到惊讶，并且以令人惊愕的平静态度听他讲完了莫里尼最好的两部电影可能是剽窃自他的小说，或者至少是放肆地借用了他小说中的灵感。

她的回答十分简洁：生活中总是会遇到这类事情，甚至更离奇的都发生过。然后，她直截了当地问他是否结婚了。问题中已经隐含了答案。罗塞洛特无奈地展示了一下他的金戒指，那一刻他戴着戒指的手指感受到了前所未有的束缚。那你有孩子吗？西蒙娜问道。一个男孩，罗塞洛特想到了自己的孩子，温柔地回答道，他跟我很像。西蒙娜随后请他陪她回家。出租车上，两人一路无言，各自望着窗外，在某些时刻，光与影仿佛从意想不到的地方出现，将巴黎这座光明之城的某些街区变成一座中世纪的俄国城市，或是呈现出苏联导演偶尔在电影中呈现的此类城市的样貌。最后出租车停在一栋四层大楼旁，西蒙娜请他下车。罗塞洛特犹豫了一下是否要这样做，但他想起自己还没有付钱给她。他感到有些内疚，就下了车，也没有考虑之后该如何回到旅馆，毕竟附近的出租车似乎并不多。在进入大楼前，他没有点就直接递给西蒙娜一沓钞票，西蒙娜也没有数，直接把钱放进包里。

大楼没有电梯。当他们到达四楼时，罗塞洛特感到筋疲力尽。光线昏暗的客厅里，一位老妇人正在喝一种颜色发白的酒。在西蒙娜的示意下，罗塞洛特在老妇人身旁坐下，老妇人拿出一个玻璃杯，倒满了那种可怕的酒，而西蒙娜则消失在一扇门后，过了一会儿又出现，做手势让他过去。罗塞洛特想，现在是要做什么？

房间很小，床上睡着一个孩子。是我儿子，西蒙娜说。他很漂亮，罗塞洛特说。确实，男孩很英俊，尽管也许这只是因为他睡着了。罗塞洛特注意到，男孩长得像他母亲，头发是金色的，但可能有点太长了，稚气未脱的五官已经显露出十足的男子气概。当罗塞洛特回到客厅时，西蒙娜正在向那位老妇人付钱，告别时老妇人称她为西蒙娜女士，还热情地向罗塞洛特道晚安：晚安，先生，您进来吧。罗塞洛特觉得这一天到此可以结束了，正准备离开，西蒙娜告诉他，如果他愿意，可以和她一起过夜。但不能睡在我的床上，她说。因为她不喜欢让儿子看到她和陌生人睡在一起。睡觉前，他们在西蒙娜的房间里做爱，然后罗塞洛特来到客厅，躺在沙发上睡着了。

第二天，他们就像一家人一样度过。小家伙名叫马克，罗塞洛特认为他是一个非常聪明的男孩，而且马克的法语肯定讲得比他好。罗塞洛特很舍得花钱：他们在巴黎市中心吃早餐，去公园，又在韦尔讷伊街上的一家餐厅吃饭，这家餐厅是他在布宜诺斯艾利斯时听人提过的，然后他们去湖上划船，最后进了一家超市，西蒙娜买了准备一顿正式法餐需要的所有食材。他们乘出租车去所有的地方。在圣日耳曼大道一家咖啡馆的露台上，他们等着冰淇淋的时候，罗塞洛特看到了两位著名作家。他远远地欣赏着他们。西蒙娜问他是否认识他们。他说不认识，但他认真读过他们的作品。那你应该去向他们索要签名，她说。

起初，他觉得这个提议听上去再合理不过，可以说是很自然的事，但到了最后一刻，他还是认为自己没有权力打扰任何人，尤其是那些他一直钦佩的人。那天晚上，他睡在西蒙娜的床上，做爱时他们互相捂住对方的嘴，以免呻吟声吵醒孩子，他们做了几个小时，有时甚至很暴力，仿佛除了相爱他们不知道还能做些什么。第二天，在男孩醒来之前，他回到了旅馆。

与他预想的相反，没有人把他的行李箱扔到大街上，也没有人因为他像幽灵一样突然出现而感到惊讶。旅馆前台向他转达了两条来自里克尔梅的留言：第一条是里克尔梅说自己知道如何找到莫里尼，第二条是问罗塞洛特是否还有兴趣认识莫里尼。

罗塞洛特洗了澡，刮了胡子，（惊恐地）刷完牙，换好衣服，然后给里克尔梅打去电话。他们聊了很长时间。里克尔梅有个西班牙朋友是记者，这位西班牙记者认识另一位写有关电影、戏剧和音乐的文章的法国记者，而这位法国记者曾是莫里尼的朋友，还留着他的电话号码。当西班牙记者向他要电话号码时，法国记者毫不犹豫地给了他。然后，里克尔梅和西班牙记者拨通了莫里尼的电话，因为没抱太多期望，所以当接电话的女士告诉他们这确实是莫里尼的住所时，他们感到非常惊讶。

里克尔梅说现在唯一要做的就是随意找个借口安排一次会面（他和西班牙记者都想参加），借口可以是最简单的那种，比如接受阿根廷一家报纸的采访，到最后给他来个"惊喜"。罗塞洛特尖叫道：什么最后的惊喜？最后的惊喜就是，里克尔梅回答，假记者向剽窃者透露自己的身份，即记者是他所抄袭的书的作者。那天下午，罗塞洛特在塞纳河畔散步拍照时，一名 clochard[1] 靠近他，想跟他讨要一些硬币。罗塞洛特给了他一张钞票，但条件是要允许自己给他拍照。clochard 接受了，他俩默默一起走了一段路，时不时地停下来，以便

---

[1] 原文为法语，意为"流浪汉"。

罗塞洛特拍照，罗塞洛特会走到他认为合适的距离，再按下快门。在拍摄第三张照片时，clochard 提议做一个姿势，罗塞洛特没有和他争论就接受了。罗塞洛特一共拍了八张照片，有 clochard 双臂交叉跪着的，有他睡在长凳上的，有他凝视着河床陷入沉思的，还有他微笑着挥手的。拍摄结束后，罗塞洛特给了他两张钞票和口袋里所有的硬币。他们仍然站在一起，好像还有什么话要对彼此说，但谁都不敢先开口。clochard 问：您从哪里来？布宜诺斯艾利斯，在阿根廷，罗塞洛特回答。真巧啊！clochard 用西班牙语说，我也是阿根廷人。罗塞洛特对此一点也不感到惊讶。clochard 哼起探戈舞曲，然后告诉罗塞洛特，他在欧洲生活超过十五年了，在这里不仅可以获得幸福，有时还能获得智慧。罗塞洛特意识到，clochard 在说西班牙语时没有用尊称，而当他们用法语交谈时，他用的却是"您"，说法语时就连他的声音和语气似乎都变了。罗塞洛特感到巨大的悲伤笼罩着自己，仿佛已经知晓今天结束时自己将要面对万丈深渊。clochard 注意到了他的情绪，问他在担心什么。

罗塞洛特试图用与这位同胞相同的语气说话：没什么，就是一个女人。随后他有点匆忙地说了再见，走上楼梯时，他听到 clochard 的声音在说：世上唯一可以确定的事情就是死亡，我叫恩佐·凯鲁比尼，我告诉你，世上唯一可以确定的事情就是死亡。而当罗塞洛特转身时，clochard 正朝相反的方向离开。

当天晚上，罗塞洛特给西蒙娜打去电话，但没能跟她说上话，他和照顾孩子的老妇人聊了一会儿就挂了。十点，里克尔梅出现了。罗塞洛特不愿外出，谎称自己正发烧、犯恶心，但所有借口都没有用。他悲伤地意识到，巴黎把他这位同伴变成了一股容不得反抗的自然之力。他们在拉辛街一家专门卖烤肉的小餐馆吃了晚饭，和他们一起吃的还有一位叫帕科·莫拉尔的西班牙记者，他有时会模仿布宜诺斯艾利斯人的口音，但学得非常糟糕，并且认为西班牙电影比法国电影高级得多，里克尔梅表示同意。

晚餐比预想中要长得多，罗塞洛特开始感到不适。回到旅馆已是凌晨四点，他发烧了，并且开始呕吐。第二天他快到中午才醒来，他突然有种错觉：自己已经在巴黎生活了很多年。他在夹克口袋里翻来翻去，找出了从里克尔梅那里硬要来的电话，给莫里尼打了过去。接电话的是位女士（他猜想就是先前与里克尔梅交谈过的那位），告诉他莫里尼先生早上就出门了，要去他父母家住几天。他当即认为那个女人在说谎，或是莫里尼在匆忙逃跑前对她撒了谎。他介绍自己是一名阿根廷记者，想为一本拉美杂志采访导演，该杂志在整个拉美大陆发行，从阿根廷到墨西哥都有读者。他声称目前唯一的问题是再过几天他就要回阿根廷了，所以现在没时间等导演回来。接着他谦卑地询问莫里尼父母家的住址。实际上无须过多解释，女人礼貌地听他说完，便告知他一个诺曼底小镇的名字、一个街道名和一个电话号码。

罗塞洛特向她表示感谢，然后给西蒙娜打去电话，但没人接。他突然发现自己连今天是几号都想不起来了。他想问旅馆的服务员，可又不好意思，便给里克尔梅打去电话。电话那头传来沙哑的声音，罗塞洛特问他知不知道莫里尼父母的住处。哪个莫里尼？里克尔梅问。罗塞洛特不得不把部分故事重新给里克尔梅解释一遍。我不知道，里克尔梅说，然后就挂了电话。短暂的愤怒过后，罗塞洛特认为里克尔梅彻底无视他的故事反而更好。随后，他回到旅馆，收拾好行李，前往火车站。

去诺曼底的旅程足够漫长，使他有时间回顾在巴黎所经历的一切。一个绝对的"零"在他脑海中闪现，又轻盈地消失。火车在鲁昂停了下来。换作另一个阿根廷人或其他境况下的罗塞洛特本人，都会立即冲进这座城市，像猎犬一样在大街小巷追寻福楼拜的气味。可此时的罗塞洛特甚至没有离开车站，他等了二十分钟从卡昂开来的火车，心里想着西蒙娜，认为她是法国女性优雅气质的化身，还有里克尔梅和他奇怪的记者朋友，说到底，其他人的人生故事，无论多么奇异，都无法吸引这两人一探究竟，他们更感兴趣的是琢磨自己个人的失败，这也不是太奇怪，而是很正常的。人们终究只关心自己，他严肃地总结道。

他从卡昂坐出租车前往勒阿梅勒，在那里惊讶地发现他在巴黎得到的地址对应的是一家旅馆。旅馆有四层，颇具吸引力，但是要等到旅游旺季才开始营业。罗塞洛特在旅馆周围转悠了半个小时，心想莫里尼家的那个女人是不是在耍他，最后他感到疲倦，便朝港口走去。在一家酒吧里，人们告诉罗塞洛特，在勒阿梅勒几乎不可能找到一家正在营业的旅馆。酒吧老板是个红头发、脸色极其苍白的家伙，他建议罗塞洛特去阿罗芒什住，除非想睡在那种常年营业的旅馆里。罗塞洛特向他表示感谢，然后开始寻找出租车。

他住在他能找到的阿罗芒什最好的旅馆里，那是一座砖木结构的大宅子，在大风中吱吱作响。今晚我会梦见普鲁斯特，他告诉自己。他给西蒙娜打去电话，与照顾孩子的老妇人聊了一会儿。老妇人告诉他：那位女士得过了凌晨四点才会回来，她今天要喝酒狂欢。什么？罗塞洛特问。老妇人又说了一遍。天哪，他心想，然后没说再见就挂断了电话。更糟糕的是，那天晚上他没有梦到普鲁斯特，而是梦到了布宜诺斯艾利斯，他看到阿根廷笔会里有成千上万个里克尔梅，他们手里都拿着一张去法国的机票，所有人都在喊叫，在咒骂着一个名字，罗塞洛特听不清是人名还是什么别的名字，也许是绕口令，是一句没人愿意透露却又折磨着他们内心的暗语。

第二天吃早饭时，罗塞洛特惊愕地发现自己已经身无分文。然而从阿罗芒什到勒阿梅勒还有三四公里的路程，他决定步行。为了给自己打气，他自言自语道：第二次世界大战期间，英国士兵就是从这片海滩登陆的。可事实上，他的情绪很低落，虽然计划在半个小时内走完三公里，但最终花了一个多小时才到达勒阿梅勒。途中他开始算账，回想自己带了多少钱来欧洲，到巴黎时还剩多少，吃饭花了多少，和西蒙娜一起花了多少（还真不少！他感到忧伤），和里克尔梅在一起花了多少，坐出租车花了多少（我老被骗！），有多大可能自己其实是一起欺诈案的受害者而此前一直没有意识到。他像个英雄似的得出结论：唯一可能在不经意间欺诈他的人只能是西班牙记者和里克尔梅。在死了许多人的风景中思考得出的这个结论在他看来似乎并不荒谬。

他从海滩望向莫里尼的旅馆。换作任何一个人都不会坚持到现在。对其他人来说，在旅馆附近走来走去这个行为就是对自身愚蠢的证明，是承认自己已经罹患了罗塞洛特所谓的巴黎式的理性丧失，或是一种电影式的甚至是文学意义上的理性丧失——尽管对罗塞洛特来说，"文学"这个词仍然保留着它光辉的表象，讲实在点，至少保留着部分光芒。事实上，换作任何一个人都会选择趁上午的时间打电话给阿根廷大使馆，编造一个看似合理的谎言以借钱支付旅馆的费用。但罗塞洛特此时并没有把自己拴在电话上，而是按响了门铃，一位老妇人从二楼的某扇窗户探出身子问他需要什么，对此他并不惊讶，老妇人听到他的回答也不感到惊讶。罗塞洛特说的是：我要见您的儿子。然后老妇人就消失了，罗塞洛特在门口等着，仿佛陷入了永恒。

他时不时摸摸脉搏、触触额头，看看自己是不是发烧了。终于，有人开了门，罗塞洛特看到一张黝黑干瘦的脸，上面挂着两个大黑眼圈，他认为这张脸属于一个堕落腐化的人，而且隐约有些面熟。莫里尼邀请他进来并告诉他：我的父母在这家旅馆当了三十多年的看门人。大堂里的扶手椅上铺着印有旅馆标志的大床单，用于防尘，他们俩就在那里坐了下来。罗塞洛特看到一面墙上挂着勒阿梅勒海滩的油画，画中人身着1910年代流行的泳衣，另一面墙上挂着一组名人住客的画像（至少他是这么认为的），他们在一片浓雾中凝视着他和莫里尼，罗塞洛特感到一阵寒意。我是阿尔瓦罗·罗塞洛特，他对莫里尼说，《孤独》的作者，我的意思是，我就是《潘帕斯之夜》的作者。

莫里尼过了几秒才反应过来，他吓得跳了起来，惊恐地尖叫着，然后消失在旅馆的走廊里。这一惊人举动完全出乎罗塞洛特的预料，他只好坐下来，点了一根烟，烟灰不断落在地毯上，他忧伤地想起西蒙娜，想起西蒙娜的儿子，想起巴黎的一家咖啡馆卖他这辈子吃过的最美味的牛角包。然后他站了起来，开始呼唤莫里尼的名字。居伊，他用有些犹疑的口吻重复着，居伊，居伊，居伊。

罗塞洛特在堆放旅馆清洁用品的阁楼里找到了莫里尼。莫里尼打开了窗户，似乎被旅馆周围的花园迷住了，花园属于一栋私人住宅，透过黑色的栅栏可以看到里面的一部分。罗塞洛特走近他，拍了拍他的背。莫里尼看起来比以往任何时候都更加脆弱矮小。他们俩轮流观赏了一会儿花园。然后罗塞洛特在一张纸上写下了他在巴黎住的旅馆和目前所住旅馆的地址，放进了导演的裤子口袋里。他觉得自己的这个行为应该受到谴责，至少从姿态上讲是应该受到谴责的，走回阿罗芒什的路上，他越想越觉得自己在巴黎的所有行动和姿态都应该受到谴责，虚荣、毫无意义，甚至是荒谬的。我应该自杀，他沿着海滩一边走一边想。

回到阿罗芒什后，罗塞洛特确认自己确实没钱了，于是做了任何有理智的人都会做的事：打电话给西蒙娜，解释自己的情况并向她借钱。西蒙娜立马说她可没有皮条客，罗塞洛特说他只是想借钱，他将以百分之三十的利息归还。两个人都笑了起来。西蒙娜让他什么都不要做，不要离开旅馆，她会跟朋友借一辆车，开车去找他，几个小时就能到。她好几次叫他"亲爱的"，罗塞洛特也用"亲爱的"一词来回应，他觉得这个词从未听上去如此甜蜜温柔过。那天余下的时间里，罗塞洛特觉得自己当真算得上是一位阿根廷作家了，而在过去的几天里，或者是几年间，他已经开始怀疑这一点，不仅是因为他对自己没有信心，也因为他对可能存在的阿根廷文学没有信心。

2000

肌肉

I

我不知道我哥算不算文化人或说文明人，尽管有些晚上我觉得他是更像文明人的，而正是这一点让他免于自杀。

他最喜欢的书是约翰·霍奇的《卡比尔人的习俗》以及拉米罗·利拉教授的《前苏格拉底时代的哲学著作》全集（与其说是书，不如说是一些小册子，但我哥解释说这是因为那些可怜的哲学家的著作在时间的黑洞里失传了，这是我们大家都会经历的事情），还有其他书。

"我不会迷失在任何洞里。"我经常对他说。

"你和我都会迷失，玛尔塔，这是不可避免的。"他毫不难过地说道。

可这让我非常难过。

通常，我们在早餐时谈论前苏格拉底哲学。他最喜欢的哲学家是恩培多克勒。他说，恩培多克勒像蜘蛛侠。我最喜欢的是赫拉克利特。我不知道为什么我们几乎从不在晚上谈论哲学。可能是因为晚上我们有更多可以谈论的话题或有时候我们各自下班回到家后太累了，而聊哲学需要清晰的大脑，然而，渐渐地，当然是在我们父母去世之后，这种情况也开始改变，我们的夜间谈话变得越来越成熟，我们越来越认真地对待自己所说的话，仿佛我们的语言脱离了父辈的存在，进入一片更加自由、多变的领域。然而，每天早上，无论是父母去世前还是之后，我们交谈的主题一直是前苏格拉底哲学，好像仅仅因为新的一天的开启（仔细想一下，这其实是错的，新的一天是从午夜零点零一分开始的），我们就重获了童年的活力，一切都会变得不同而且肯定是更好的。我记得我们的早餐：一杯加奶的咖啡，抹了番茄泥和橄榄油的面包，一块牛排，一碗谷物麦片或两份加蜂蜜和什锦麦片[1]的酸奶，Super Egg（蛋白质含量 100%），Fuel Tank（每剂热量高达 3000 大卡的蛋白粉），Super Mega Mass，Victory Mega Aminos（胶囊装），Fat Burner（促进脂肪分解的营养剂），一个橙子，一个

---

[1] 什锦麦片（Muesli）是一种以生燕麦片为主，搭配干果、坚果等混合而成的健康谷物食品，常在早餐食用。

香蕉或苹果，视季节而定。[1] 这些都是为恩里克准备的。我吃得不多：一杯黑咖啡，或许还加半块强化全麦饼干，我不知道里面添加了什么维生素，是我哥买的。

有时，（从厨房）看一眼我们家早上七点半或八点的餐桌，会让人兴奋起来。盘子、杯子、碗和有些像NASA的太空食品容器的瓶瓶罐罐似乎在说：到街上去吧，今天光景不错，你年轻世界也年轻。我哥会坐在餐桌旁，摊开某个前苏格拉底哲学家的小册子（他的全集）或某本杂志，右手拿着勺或叉，左手翻动书页。

"看看第欧根尼这混蛋是怎么看阿波罗尼亚的。"

我一声不吭等他接着说，同时努力摆出一副专心听讲的神情。

"开始任何话题，我觉得都有必要提出一个无可争议的原则和一种简单得体的表达方式。仅此而已。"

"听起来很合理。"

"太他妈合理了。"

早饭过后我哥帮我把餐具都收拾到厨房然后就去上班。他从十六岁开始在福诺洛萨兄弟汽修厂工作，在莫里纳广场旁边，那一片的人都开昂贵又难修的车子。我通常会在家多待一会儿，看看电视或读一些前苏格拉底

---

[1] 句中的五处英文均为营养补剂的品牌名。

哲学书（盘子我们晚上再洗）然后就去上班，去玛露学院，听起来好像一所学校（婊子学校，我哥这么说），但事实上是一家美发沙龙。

我哥为什么这么瞧不上玛露学院？答案很简单，但对他而言有些苦涩。因为我的好友或说前好友蒙赛·加西亚，曾在那里上班，恩里克和她交往了那么一两个月，之后蒙赛认为他俩并不合适。至少他们分手时她是这么给我解释的。我哥只是嘟嘟囔囔说了一些让人听不懂的话，从那以后，每次他提到我工作的地方，就会带着贬损甚至粗俗的语气。

"但你们怎么了？"某天晚上我问他。

"没什么，就是不合，"我哥说，"尚在保密侦查阶段。[1]"

我哥就是这样，父母双亡让一切变得更糟了。有时，我在自己房间里会听到他自言自语。我们是孤儿，这是不争的事实，得习惯，他说。然后他会反复地、强迫症似的重复几遍，好像唱歌忘了词：我们是孤儿，我们是孤儿，等等。这种时候我总想去抱抱他，或起身去给他一杯热牛奶，但我要是这么做了可能会更糟，我

---

[1] 原文为"secreto de sumario"，是一个法律术语，指刑事诉讼调查阶段，法官下令要求调查过程保密，不得公开案情。

哥肯定会哭起来，然后过一会儿我也会跟着哭。所以我从来都不曾从床上起身，而他会继续自言自语直到累得睡着。

不管怎样，有时到了早上我会试着跟他讲道理：

"我们不是世界上仅有的孤儿。而且，孤儿，当大家说到孤儿的时候，我觉得是指那些未成年人，而你我都不是了。"

"你还未成年，玛尔塔。"他说，"而我的责任是照顾你。"

据蒙赛·加西亚说，我哥是个不成熟的人。他们恋爱期间，我只跟他们一起出去约会过两次，每次都是我哥求我跟着的，两次都让我有机会验证了我好友或前好友说的一点没错。第一次是我们一起去电影院看阿莫多瓦的一部片子。恩里克提议看尚格·云顿而蒙赛和我拒绝了。因为我们争论了一会儿，所以耽搁了，当我们到放映厅的时候里面已经黑灯，电影开始了，我哥莫名其妙地决定不跟我俩坐一起。第二次是我们一起去健身房，就是位于博纳文图拉街的罗萨莱斯健身房，离我们家不远，我哥每天都在那里锻炼。这次他搞砸不是因为疏忽或缺席，而是因为表现过猛。他想让我们看到他熟练使用健身房提供的所有器械，结果只差一点就被机器砍了头（或类似的情形）。不用说，我对我哥的好感到健身房门口就败光了。我向来接受不了健身狂，我理想中的男性美是多变的、没有定论的，就像我哥说的那样，但无论如何不会是肌肉男这类型。在这点上，我与蒙赛·加西亚不谋而合，我必须承认，尽管当时蒙赛对我哥很有好感，但他从十六岁起，也就是去汽修厂工作不久后，就开始健身。我认为，是他的一位工友，叫什么帕科·孔特雷拉斯的向他推荐了这个爱好。这个帕科甚至参加了加泰罗尼亚的几次健美锦标赛，后来他去了安达卢西亚的两姊妹镇，在那里去世了。我哥曾时不时收到他的来信，他会给我读其中一两句。之后，他把信放在床下的一个小箱子里，那是家里唯一需要钥匙的地方。蒙赛说，就是这个帕科把我哥带坏了。我亲口告诉她这件事但立刻就后悔了。我哥可能这样那样，但绝不是傻瓜，尤其不是一个头脑简单的人（世上没有头脑简单的人），而我这个故事不管讲得是不好还是不全，给人的印象都将是我哥很蠢。我不认识帕科·孔特雷拉斯。我哥说：他是个了不起的人，是我最好的朋友，等等。所以当蒙赛说就是帕科把我哥带坏了的时候，我告诉她，她错了，恩里克是个负责任、认真的人，没有恶习，是我这辈子最好的哥哥。

"啊，姑娘，你想说什么呀，我的小可怜。"

有时候我会想杀了她。但我尽一切可能撮合她和恩里克。当然，我更希望他们单独去约会，但如果由我哥说了算的话，我就得每次都跟着去。他们开始交往一周后，蒙赛在玛露学院的洗手间截住我，问我我哥是不是有病。

"他健康得像不老松。"我说。

"呃，姑娘，他不太对劲儿。"她说，但不想深入这个话题，不过我知道她在想什么。

这一切发生在我们爸妈去世后的几个月后。蒙赛是第一个跟我哥约会的女孩，她之后也再没其他女孩了。有时候，我觉得我哥其实很孤独，有点被上帝抛弃了的感觉。我们爸妈死于一次大巴车祸，是在从巴塞罗那到贝尼多姆的路途中，那是他们第一次二人度假。我哥和爸妈很亲。我也是，但方式不同。在贝尼多姆停尸房接待我们的工作人员（他穿得像个实习生，但我觉得他不是）告诉我们，我们爸妈死的时候手拉着手，人们花了很长时间才把他俩分开。

"这让我们所有人印象深刻，所以我想你们会想知道这件事。"他说。

"大巴相撞的时候他们应该是睡着了。"我哥说，"他俩喜欢拉着手睡觉。"

"你怎么知道的？"我问他。

"这是大一点儿的孩子才懂的事情。"那个工作人员或实习生说。

"我看到过很多次。"我哥满眼是泪地说道。

后来，当我们俩单独在医院餐厅等待办理把爸妈带回巴塞罗那的手续时，他说：一切都是燃烧的结果。他说：撞车应该导致了爆炸，爆炸产生一个巨大的火球而火球的热量足以把我们死去的父母的手焊在一起。

"他们肯定是用锯子把他俩分开的。"

他说得好像漫不经心，冷冰冰地，但我知道我哥正在经受前所未有的痛苦。因此几个月后，当他开始和蒙赛·加西亚约会时，有几个晚上我甚至祈祷我哥能和蒙赛上床，这样他们的关系就能以某种方式稳定下来。但实际上，和他约会前蒙赛看起来热情洋溢，后来却逐渐冷淡下来，变得尖酸刻薄，到最后，也就是他们恋爱六十天后，她甚至把我当成了敌人，好像我是导致他们恋情短暂又不美满的罪魁祸首。她最终决定和他分手后，我和她之间的关系几天内就明显好转了，我甚至以为我们又会像以前一样做朋友。但是，恩里克在我们中间阴魂不散，阻挡了我回到蒙赛身边的每一次尝试。

有一天，她对我说："整天泡在健身房里肯定不对劲儿，一个正常男人不会想拥有那样的肌肉。"

"读那些前苏格拉底哲学也不正常。"我回答道。

"我早就说吧，你哥脑子不太正常。你小心点。说不定哪天晚上你就会发现他拿着刀出现在你房间，打算割破你的喉咙。"

"我哥是好人，不会伤害任何人。"

"姑娘，你真傻。"她说，然后结束了我们的友谊。

从那以后，我们之间的交往只剩下严格的工作关系：递给我一些夹子，把吹风机留给我，把染发剂递给我。

太可惜了。

II

一天晚上，我哥带着托梅和弗洛伦西奥一起回家来。他从来没有邀请过别人来做客，无论是我们爸妈还活着的时候，还是我们刚成为孤儿的头几个月。开始我以为那是他健身房的伙伴，但稍加留意就会发现他俩并不像那些搞健身的人。

"今晚他们在这儿过夜。"我哥在厨房告诉我，当时我们正一起准备晚饭，弗洛伦西奥和托梅则在客厅来回换着电视频道。

"睡哪儿啊？"我问。我们家很小而且也没有客卧。

"爸妈房间。"他说着，目光看向别处。

他肯定是在等我反对，但我觉得挺好，要说有什么让我感到意外的，那就是奇怪我自己之前怎么没想到，当然是爸妈那间空着的房间，我没有任何异议。我问他那两人是谁，在哪儿认识的，他们是做什么的。

"在健身房，南美人。"

我们吃了沙拉和煎牛排。

弗洛伦西奥和托梅看上去将近三十岁，但我知道他们五十岁之前都会是现在这副模样。他们饿坏了，把我哥摆在桌上的每样菜都尝了个遍。我不知道他们是否意识到，我哥把自己节食时储备的好吃好喝的都拿了出来招待他们，给了他们天大的面子。我问他们是否也是健美运动员。

"我们做健身训练。"托梅说。

"你知道这是什么吗？"弗洛伦西奥问。

我不喜欢被人觉得傻或无知，后者更糟。

"我当然知道，我哥十六岁就开始去健身房了。"我说，但话一出口就后悔了。

弗洛伦西奥和托梅齐声大笑，然后我哥也笑了。我问他们是什么让他们觉得这么好笑。我哥看着我却不知怎么回答，他的表情非常茫然，但又有些愉悦。

"你的架势，"弗洛伦西奥说，"我们觉得很好笑。"

"非常强势。"托梅说。

"我妹一直这样，个性很强。"我哥说。

"就因为我说我知道什么是健身，你们就能得出这个结论？"

"是从你说话的方式，直视着别人的眼睛，充满自信。"弗洛伦西奥说。

"如果这里有塔罗牌，我就给你占卜一下。"托梅说。

"所以你是搞健身和塔罗占卜的？"

"还会做些别的小事。"托梅说。

弗洛伦西奥和我哥又笑了起来。那时我才明白，我哥的笑，更多是出于紧张而不是愉悦。他在焦虑，尽管他试图掩饰。那两个南美人看起来反倒随遇而安，好像他们每晚都是在不同房子里过夜的且已经习以为常。

我比他们先吃完晚饭，然后把自己关在了房间里。我哥告诉我今晚有部不错的电影放映，但我说明天我得早起。我毫无睡意，脱掉鞋子但穿着衣服，倒在床上，手里拿着色诺芬尼[1]的全集（"万物生于土，亦归于土"），直到听见他们从餐桌旁起身。他们先是去厨房洗了碗，又笑了半天（厨房里有什么让他们发笑的？），然后回到客厅开始看电视。我不记得自己是什么时候睡

---

[1] 色诺芬尼（Jenófanes de Colofón，约公元前565—约公元前473），古希腊哲学家、诗人，生于科洛封。

着的。然而，我记得色诺芬尼的一句话（"神无所不见，无所不知，无所不听"），不知道为什么这话让我感到害怕。我是被我哥房间里的动静吵醒的。一开始我不知道自己在哪儿，尽管我房间的灯亮着，然后听到了说话声和呻吟声，呻吟声是我哥发出的，我十分确信。说话声（强制的、权威的、爱抚的）来自其中一个南美人，但我无法分辨是他们中的哪一个。我脱掉衣服，换上睡衣，然后边听边琢磨了一会儿。我试着继续读色诺芬尼但做不到，总是停在同一句话或同一个段落上："野樱桃。"我特别难过，然后起身想去听清楚那个南美人在说什么。我把耳朵贴在墙上，只听到了只言片语，有点像我刚才读色诺芬尼时的情形。"这样爽"，"好紧"，"轻点儿"，"慢点儿"。过了一会儿我又回床上去睡觉了。第二天早上，不知道是多少年来的第一次，我哥没跟我一起吃早餐。

我想他们肯定对他做了什么，于是我去敲了他的门。过了一会儿他说进来。房间里弥漫着脱毛膏的味道，是我哥用的那款。我问他是不是病了。他说没有，他很好，只是想迟一点去上班。

"那俩南美人呢？"

"在爸妈房间，睡觉呢，昨晚我们很晚才睡。"

"我听见你的声音了，"我说，"你和他们其中一个上床了。"

出乎我的意料，我哥反倒笑了。

"我们吵醒你了？"

"没，我自己醒的，我觉得紧张，然后听到了你的声音。纯属偶然，我没有偷听。"

"好吧，没关系。让我再睡一小会儿。"

我站在那里一动不动，盯着他，不知道该做什么，该说什么，直到听到从爸妈房间传出声音，我便转身离开了家，也没吃早餐。整个上午我像梦游一样工作，仿佛一夜未眠的人是我。中午我去了玛露学院的一些同事有时也会去的那家中餐馆吃饭，之后在西班牙广场周围溜达。我想起自己七岁哥哥十六岁时，我觉得他是我在这个世界上最爱的人。有一次，他告诉我，他最大的梦想就是长大后像大力士马西斯特那样工作。我不知道马西斯特是谁，他给我看一本电影杂志，里面有这个角色。我不喜欢。你比他帅多了，我对他说。他高兴地笑了。不知道为什么，我想起很多，比如他拥抱爸妈，把他的全部工资上交的样子，带我去看电影（但从没看过任何一部马西斯特的片子），对着电梯里的镜子摆各种姿势。

那个下午我肯定感觉糟透了——尽管我现在不记得细节，但还记得我在想我哥、想我们的家，以及各种画面浸入黑白之中，化入化出，无法挽回——就连蒙赛都走过来问我是不是遇到了什么事。

"我能有什么事？"我回答她。我猜自己的声音听起来很粗鲁，尽管不是有意的。

"可能是你的小哥哥给你惹了什么乌七八糟的事。"蒙赛说。

"恩里克过得很艰难，但他正慢慢走出来，他在寻找自己的路，这不是别人能看透的。"

从蒙赛看我的眼神判断，我猜她对我哥余情未了。

"你哥就是个混蛋，"她说，"他对任何事都不满意，但也不知道自己想要什么。他能惹恼所有人就为了自己开心，但问题是他并不知道怎么才能开心起来。我说得够明白吗？"

"有时我想杀了你。"我说。

"我知道这话你听着不好受。但玛尔塔，你是独自一人活在世上的，你得对自己好一点儿。我喜欢你。你是好姑娘我才跟你说这些，尽管我知道你不会听。"

有那么一刻，我想告诉她昨晚发生的一切，但后来决定还是闭嘴为好。

那天晚上，当我回到家，恩里克、弗洛伦西奥和托梅已经在客厅看上电视了。我给自己做了一杯咖啡，而后坐到离他们尽可能远的地方，在桌子的另一端，靠近窗户，那是我爸以前常坐的位置。恩里克和托梅躺在沙发上，弗洛伦西奥占了那把扶手椅，那本是我看电视时的专座。桌子上散落着几罐我哥吃的高热量、高蛋白食品，但这几罐都是新的。我还看到了一条法棍面包、赛拉诺火腿、奶酪和几瓶啤酒。

"他们带了些吃的来。"我哥说。

我没应声。那些瓶瓶罐罐的食品、药片、Fuel Tank 和 Super Egg（分别是香草味、巧克力味）都很贵，一罐超过五千比塞塔，我难以想象，这俩南美人那么有钱，他们总共得花掉五万多比塞塔。

"你们从哪里偷来的？"

"我喜欢你妹妹。"弗洛伦西奥说。

我哥先看看我又看看他们，带着一种好笑又狐疑的表情。

"我们回家拿了一些东西，"弗洛伦西奥说，"所以决定带点儿吃的回来，顺便的事。"

"我还带来了塔罗牌。"托梅说。

"但如果你们有家，为什么还要住在我家？"

"不好意思，我就是这么一说，"弗洛伦西奥说，"实际上那就是一个包吃住的宿舍。因为我们没有家，所以管所有能落脚的地方都叫家，包括那个破宿舍。恩里克邀请我们来待几天，直到我们的运气好起来。"

"哈，你们没钱了。"

"是的，说到钱，我们不宽裕。"

这时，我不知道为什么，感觉他们还挺帅的。他们都刚洗过澡，托梅的头发还有些湿，他态度谦逊，但不乏自信。我想，对他们来说什么事都很简单明了，不像我和我哥。

"就是说你们偷了那些吃的。"

"呃，没错，我们确实偷了。"弗洛伦西奥说。

"我们觉得空手来你家不好，而且恩里克喜欢这些东西，他在这上面花了好多钱。"

"它们确实贵啊。"我哥说。

"我们去了罗马大道上的一家店，就在模范监狱[1]旁边，是健身食品的专卖店，我们把能拿的都拿上了。"

"兄弟们，你们不该这么干。"我哥说。

"哥们儿，你真贴心。"托梅说。

我哥开心地笑了：

"现在我有五个月的囤货了。"

"你们要是被抓到了怎么办？"我说。

"我们从来没被抓到过。"弗洛伦西奥说。

---

[1] 模范监狱（la Modelo）是巴塞罗那罗马大道附近的一所监狱，1904年落成，被视为当时新监狱改革的典范建筑。

"我们还买了包大豆饼干。"托梅说。

突然我无言以对了。我本想问他们打算在我们家住几天，但我觉得这样做似乎太过分了。坦率是一回事，没教养是另一回事。咄咄逼人是一回事，热情好客是另一回事。于是，我不再说话，坐在我爸的位子上，看着咖啡杯底，然后不时地看一眼他们正在看的电视问答节目（弗洛伦西奥和托梅知道所有答案），直到吃饭时间。

"今天小伙子们做晚饭。"我哥说。

可怜的家伙，我心里想着但没有起身。那天晚上，我们吃的是蔬菜炒饭。我哥本是肉食动物，却并没有抱怨；相反，他不但对这顿饭的味道赞不绝口，还连吃了三碗。弗洛伦西奥摆好了桌子，托梅端上了饭菜。他们开了一瓶好酒。（是偷来的吗？我问。当然，弗洛伦西奥说。）我们都喝了。

"为玛尔塔和恩里克干杯，"托梅说，"世上绝无仅有的好人。"

我感觉脸开始红了。我不习惯喝葡萄酒，我爸妈和我哥都是滴酒不沾的（至少昨天以前是这样），更不习惯在公共场合被人夸奖。

2000—2001

罪行

她和两个男人上床。她之前还有别的男人，现在是这两个。事实就是这样。两个男人都不知情。一个说他爱上了她，另一个什么也没说。他们说什么她都不在乎。爱的宣言，恨的宣言。废话而已。事实就是她跟两个男人上床。

　　此刻她坐在编辑部附近的一家酒吧里，面前摊开一本书，但读不进去。想读，但读不进去。她的目光被窗外的动静吸引，尽管没看到什么特别的东西。她合上书然后站起来。吧台里的男人看到她过来，冲她微笑。她问他，该付多少钱。吧台里的男人说了一个数字。她打开钱包，给他一张钞票。最近好吗？那个男人问。她看着他的眼睛说：还行。男人问她还点别的东西吗，店里请客。她摇摇头，拒绝了：什么也不想要，谢谢。有那么一阵儿，她似乎在等什么。男人饶有兴致地看着她。她低声说出一句几乎听不见的告别话就离开了。

她不紧不慢地回到编辑部。在等电梯的时候，她遇到一个年轻人，大约二十五岁，身着一套旧西装，还打着一条图案引起她兴趣的领带——水绿底色上一张因惊奇而扭曲的天蓝色的脸反复出现。年轻人旁边有一个尺寸很大的手提箱放在地上。他们互相打了个招呼。电梯门开了，两人一起走了进去。年轻人在观察过她之后，告诉她自己是卖袜子的，如果她想买，可以给她优惠。她说不感兴趣，过了一会儿，她感觉到在这栋楼里遇见一名袜子推销员实在很古怪，而且还是在大多数办公室都已关门的情形下。袜子推销员先下了电梯。他是在三楼下的，那层有一家建筑师工作室和一家律师事务所。离开电梯时，他转过身，左手的指尖碰了碰额头。是个军礼，她想，然后笑了笑。电梯门关上时，袜子推销员也冲她笑了一下。

编辑部里，只有一个正坐在窗边椅子上吸烟的女人。她先走向自己的办公桌，打开电脑，然后走到窗前。吸烟的女人注意到她的出现，转头看着她。她坐在窗边，望向街道，感觉到一种异常的眩晕。有那么几秒，两人都保持着沉默。吸烟的女人问她怎么了。没什么，她说，我回来是为了完成那篇关于卡拉马^[1]的文

---

[1] 卡拉马（Calama），智利北部城镇。

章。吸烟的女人又看向窗外驶离城市中心的车流，而后她眯着眼睛笑了笑，说：我读了些那玩意儿。完全是狗屎，她说。那挺有意思的，吸烟的女人说。我不理解你说的，她说。其实一点意思也没有，吸烟的女人思考了一会儿说，然后又转头看着窗外的交通状况。她起身走向自己的桌子。她还有未完成的工作而且落下了进度。她从抽屉里拿出随身听，戴上耳机，开始工作。但不一会儿，她摘下耳机，转过身来。这整件事里有蹊跷，她说。吸烟的女人看着她，问她说的是什么。卡拉马的那个女人，她说。那一刻编辑部里一片死寂，或者说她感觉是那样，连电梯的嗡嗡声都听不见了。

那女人二十七岁，她说，被捅了二十七刀，太巧合了。怎么了？吸烟的女人说，这种事有时会发生的。那么多刀，她没什么底气地说。我见过更离谱的事，吸烟的女人说。沉默片刻后，女人又补充道：你看到的可能就是个打印错误。可能吧，她想。你在担心什么吗？吸烟的女人问。我担心受害者，她说，她可能是我们中的任何一人。吸烟的女人挑起一边的眉毛看着她。也可能是我，她说。不会的，吸烟的女人说。我也和两个男人上床，她说。吸烟的女人笑着重复道：不会的。所有人都在某种程度上反对。反对谁？当然是反对受害者。吸烟的女人耸了耸肩。报道这类新闻的记者与凶手没什么不同。不是所有人，吸烟的女人说，有一些非常好的记者。大多数是该死的醉鬼，她嘟囔道。不是所有人，吸烟的女人说。二十七岁和二十七刀，我无法相信这事。无论如何，他们可能是把受害者的年龄与被捅的刀数搞混了。受害者有一个九岁的儿子，她边说边用左手抚摸着握在手里的耳机。吸烟的女人将香烟摁灭在靠窗的烟灰缸里，然后站起来，说：走吧。不，我再待一会儿，她说，然后又戴上了耳机。

她在听德拉兰德[1]的音乐。她的背有些疼，但除此之外她感觉良好，想继续工作。她的余光瞥向吸烟的女人，那女人俯身在桌子上，往包里塞着什么东西。过了一会儿，她感觉到同事的手轻轻搭在她肩膀上，向她表示道别。半小时后，她起身前往编辑部的档案室（几乎没人再用的档案室），就在这时又看到了那个人。

他站在那儿，不敢进屋，但门是开着的，他微笑看着她。她忍住尖叫，问他想干什么。是我，他说，袜子推销员。箱子放在他脚边。我知道，她说，我什么也不想买。我只是随便看看，他说。她打量了他几秒钟，不再害怕，而是充满怒气，感到这个年轻推销员的出现是

---

[1] 应指米歇尔·理查德·德拉兰德（Michel Richard Delalande，1657—1726），法国巴洛克作曲家。

某件重要事情的预兆，但她并不清楚那是什么事。她只知道这事很重要（或说相对重要）而且她不再害怕。您从来没进过某个编辑部？她问。确实没有，他说。进来吧，她说。他犹豫了，或说假装犹豫了一下，然后拎起箱子走了进来。您是记者吗？她点头。那您在写什么？她说自己在写关于一名凶手的文章。推销员再次放下箱子，视线在桌子之间游走。我能告诉您一点事情吗？她看着他，大脑一片空白。在电梯里，他说，我觉得您好像正因为什么事而难过。我吗？她问。是的，我想您在难过，当然我并不知道因为什么。每个人都不好过，她有点突兀地说。两人都没坐下。他站着，背对着门。她也站着，几乎后退到了窗边。此刻，他们两人都一动不动，挺直身子，互相观望。但他们的对话里带着故作熟稔的语气。

您在写什么谋杀案？他问。一起女性被害案，她说。他笑了。他笑起来很帅，她想，虽然他笑的时候会显得成熟一些而实际上他应该不到二十五岁。他们总是杀害女人，他边说边用右手做了一个莫名其妙的手势。她好像突然从梦中醒来，意识到自己正一个人跟一名陌生男子待在编辑部里，而且此时大楼里几乎空无一人。她全身颤抖了一下。他觉察到她的害怕，好像要安抚她，便找了个地方坐下来。他坐着的时候看起来比实际要高。给我讲讲吧，他说。对她来说，这个请求让人无法忍受。等杂志出版吧。不，现在告诉我，也许我可以提出一些建议，他说。您是杀害女性的专家吗？她说。他看着她没有回答。她意识到自己犯了一个错误并试图弥补，但在她开口之前，他抢先说自己不是谋杀专家。那我为什么要跟您讲？她说。也许您需要找人聊聊这件事，他说。您可能是对的，她说。他又笑了一下。那个女人与丈夫分手了，她说。是她丈夫杀了她吗？不，她丈夫与此案无关。您为什么这么肯定？他问。因为凶手当天就被捕了，她说。哦，明白了，他说。她二十七岁，与丈夫分手，然后交了新男友，他们同居了，对方是个二十四岁的年轻人，后来她又和这名男友分手，开始和另一个男人约会。男友 A 和男友 B，他说。可以这么说，她说。她突然感到很平静，疲惫且平静，仿佛一场想象中的（她不知道规则的）战斗已经结束。

我猜，袜子推销员说，她是个漂亮的女人。是的，很漂亮，她说，而且非常年轻。没有吧，也没那么年轻。您认为女人二十七岁就不算非常年轻了？年轻，但不是非常年轻，他说，咱们得理性一点。您多大？她问。二十九岁。我还以为二十五岁，她说。不，二十九岁。他没问她年龄。她有工作还是靠情人们养着？她是一名秘书，这个女人从没靠任何人养着，她还有一个九岁的儿子。谁杀了她，男友A还是男友B？他问。您觉得是谁？当然是男友A。她点点头。是的，他因嫉妒而杀了她，她说。但您认为只是出于嫉妒吗？不，她说。呀，您看，咱俩想到一起去了，他说。她选择不回答并从窗户边走开。应该打开灯，他说。不，就这样吧，她边说边挪开一把椅子坐下。过了一会儿，他说：您为这件事伤心，据我所知，这是一件几个月前发生的事。她看着他，什么也没说。您可能觉得自己共情受害者，您结婚了吗？没有，她说，但关于受害者我想到很多，您结婚了吗？没，我也没有，他说，但我和某个女人同居过，您难道认为我们男人不喜欢乐于做爱的女人吗？她移开视线，窗户的另一边，夜色笼罩着建筑物。她有种幽闭恐惧的感觉。她被杀是因为她喜欢做爱，她说，没有看他。她听到他说：啊。这个"啊"的语气介于反讽和痛苦之间。她每天早上六点十五分起床，在卡拉马的一家矿业公司上班，是名秘书，据媒体报道，她的爱情生活始终是冲突的根源。始终是根源，他重复道，多么有诗意。男人们爱上了她，虽然她不算真正意义上的美女，她说。美是相对的，他说，是的，每个人都有属于自己的美。您信这话吗？她问，再次盯着他。每个人，袜子推销员说，那些丑的，不是特别丑的，不丑不美的，美的。丑人眼中的美，当然，她说，也还是丑的，即便没有那么丑。看，您懂我的意思了，他说。我懂，是的，她讽刺地说，但我不同意，美对所有人来说都一样，就像正义。正义对所有人来说都一样？别逗我笑了，他说。至少，理论上如此。理论层面，另当别论，他叹口气说，但我们别争论了，再给我多讲讲您那个被谋杀的秘书的事吧，您看到尸体了？尸体？不，我没有看到，这个新闻不是我报道的，我只是要写一篇关于犯罪的文章。也就是说，您没有去过卡拉马的太平间，没有看到受害者，也没有采访过凶手。她看着他，神秘地笑了笑。凶手，是的，我与他聊过，她说。

嗯，至少，算是一种进展，他说，还有呢？没了，她说，我们聊了聊，他告诉我他很懊悔，他疯狂地爱着受害者。恰当的陈述，他说。他们相识于卡拉马的机场，他是一名保安，而她也在那里工作过一段时间，是接待员。在找到矿上的工作之前，他说。是矿业公司，她说。都一样，他说。呃，不完全一样。他怎么杀她的？他说。用刀，她说，他捅了她二十七刀，您不觉得奇怪吗？沉默了几秒，他低下头，看着自己的鞋尖。然后他又看向她，说：我一定要感到奇怪的是什么？受害者二十七岁，挨了二十七刀？这让她突然感到怒不可遏，说：我和她的处境多多少少有些类似，我想有一天他们也会杀了我。有那么一刻，她差点说出来：你就会杀掉我，可怜的倒霉蛋。但在最后一刻，深思熟虑之后，她什么也没说。她在发抖。然而，从他坐的地方看过去，根本无法察觉到。总之，她死于前男友之手，那天晚上她和现任睡觉，前男友知道了这事，她告诉过他，他也听到了风言风语，他妒火中烧，他曾逼迫、威胁，但她没在意，决心继续自己的生活，她认识了另一个男人，他们上床了，这就是案件的关键，她什么都不想放弃，因此签下了自己的死亡判决书。是的，袜子推销员说，现在我了解清楚了。不，您什么也不清楚。

2000—2001

邪恶的秘密

这篇小说非常简单，尽管它原本可能非常复杂。而且，它并未完结，因为这类故事都没有结尾。巴黎的一个夜晚，一位美国记者正在睡觉。突然电话响了，对方用没有口音的英文问他是不是乔·A.凯尔索。记者回答说正是，然后看了眼表。凌晨四点，他才睡了不到三个小时，非常疲惫。电话那头的声音说，记者务必要与他见面，他有消息要告诉记者。记者问是关于什么事的。就像这类来电的惯常套路，那声音什么都不肯透露。记者请求对方至少给点提示。那个声音用极其纯正、比凯尔索还标准的英语说更希望面谈，紧接着又补充道：快点，没时间了。在哪儿见面？凯尔索问。那声音提到巴黎的一座桥，还说，二十分钟就可以走到。有过上百次类似经验的记者说，他半小时内到。他边穿衣服边想，这种破坏夜晚时光的方式真是愚蠢，但是他马上有点惊讶地意识到，自己已没了睡意，尽管接到这种电话是常态，但还是让他完全清醒了。他到达那座桥时，比约定时间晚了五分钟，只看到车来车往。他在桥的一头静静站了一会儿，等待着。然后他从桥上走过，那里始终空无一人，他在另一头又等了一会儿，接着折回来，决定就此罢休，回家睡觉。回家的路上，他琢磨着那个声音，不是美国人，这点他非常确信，也不是英国人，但这点他有些拿不准。可能是南非或澳大利亚人，他想，也没准儿是荷兰人，或是某个在北欧的学校学了英语又在不同英语国家进修过的家伙。他正要过马路时，听到有人叫他，凯尔索先生。他立刻听出说话的正是约他在桥上见面的人。声音来自一处昏暗的门廊。凯尔索作势停下，但那个声音要求他继续朝前走。走到下一个街角的时候，他回头看看，发现后面没人。他很想原路返回，但犹豫片刻后决定还是继续往前走。突然，那家伙从一条小巷里冒了出来，跟他打招呼。凯尔索也回了句问候。那人伸出手，萨沙·平斯基，他说。凯尔索握了握他的手，也自报姓名作为回应。平斯基拍了拍凯尔索的背，问他想不想喝杯威士忌。确切地讲，他说的是"一小杯威士忌"。他又问凯尔索饿不饿。他信誓旦旦地表示自己知道一家这个点儿还营业的酒吧，那里卖刚出炉的、热乎乎的牛角包。凯尔索端详着他的脸。尽管平斯基戴着帽子，但还是能看出他面色苍白，好像被关了很多很多年。关在哪儿呢？凯尔索琢磨着，监狱还是精神病院？不管怎样，此刻抽身为时已晚，而且凯尔索也难以抗拒热牛角包的诱惑。这家店叫 Chez Pain[1]，尽管就在他住的地方附近，但因为是在一条很少人去的小巷子里，所以这是他第一次进来，恐怕也是他第一次看到。记者常常光顾的是那些位于蒙帕纳斯[2]的、笼罩着含混传奇色彩的地方：比如斯科特·菲茨杰拉德吃过饭的小餐馆，乔伊斯和贝克特一起喝爱尔兰威士忌的酒吧，海明威、多斯·帕索斯、杜鲁门·卡波特以及田纳西·威廉斯爱去的酒吧、咖啡馆。平斯基说得没错，Chez Pain 的牛角包新鲜出炉，确实好吃，咖啡也不错。这让凯尔索惶恐地觉得，眼前这位平斯基可能是他的邻居。想到这种可能性，他感到毛骨悚然。一个讨厌鬼、偏执狂、偷偷监视他人的疯子，还是个难以摆脱的家伙。好吧，他终于开口说道，请讲吧。那个苍白的男人没吃东西，只是小口抿着咖啡，看了看记者，笑了一下。他的笑容透着无尽的悲

---

[1] 原文为法语，"chez"意为"在……家里、在……的地方"，"pain"意为"面包"。

[2] 蒙帕纳斯（Montparnasse），巴黎塞纳河左岸的著名文化艺术区，曾是艺术家和知识分子的聚集地。

伤和疲惫，似乎这笑是他将自己的疲惫、耗竭、困倦表露出来的唯一方式。但他一收起笑容，瞬间就恢复了冰冷的模样。

2000—2001

上校之子

你们肯定不信，但昨晚，凌晨四点左右，我在电视上看到一部电影，简直就是我的传记或说自传，或说我在这该死的地球上度过的日子的总结。真他妈的见鬼了，我差点儿被吓得从沙发上摔下来。

　　我直冒冷汗。我很快就发现这是部烂片，就是那种咱们这些可怜虫眼中的烂片，因为演员平庸，导演无能，特效师蠢到极点。实际上，这是一部超低成本的纯B级片。为了让你们更明白，我直说吧，这电影准是花费四欧元或五美元拍出来的，不知道是哄骗了哪个冤大头投的钱，但我敢打赌，制作人绝对只给了一点小钱，但他们靠这点儿钱鼓捣出了这玩意儿。

　　我发誓，我真不记得片名了，但我到死都会称它为《上校之子》。我向你们保证，我已经很久没看过这么真"民主"的电影了，或者说真"革命"，我这么说不是因为电影本身革了什么命，完全不是，相反它是可怜的，充斥着套路、陈词滥调，以及偏见和脸谱化的人物，但这不妨碍每一个镜头都散发着革命的气息，或者说你能从中感受到革命的氛围，你们懂我的意思吧，不是完整的革命，而是革命中一个极其微小的碎片，就好像你看《侏罗纪公园》，恐龙根本没出现，对，就好像《侏罗纪公园》，甚至没人提过哪怕一次那些该死的爬行动物，但它们无处不在，让人难以忍受。

你们明白点儿了吧？我从没读过奥斯瓦尔多·兰博尔吉尼的《无产阶级的小剧场》[1]，但我可以向你们保证，兰博尔吉尼这个受虐狂肯定会喜欢在凌晨三四点的时候看《上校之子》。这片子讲了什么？好吧，别笑，这是部丧尸片。对，对，没错，多少跟乔治·罗梅罗[2]的电影有些像，毫无疑问，是某种向乔治·罗梅罗及他的两部伟大的丧尸电影的致敬。但是罗梅罗的政治背景是卡尔·马克思，而昨晚这片子的政治背景是阿蒂尔·兰波

---

[1] 奥斯瓦尔多·兰博尔吉尼（Osvaldo Lamborghini，1940—1985），阿根廷小说家、诗人，新巴洛克文学代表作家。《无产阶级的小剧场》原书名为 *Teatro de cámara proletario*。

[2] 乔治·罗梅罗（George Romero，1940—2017），美国电影导演、编剧、制片人，以拍摄现代丧尸片闻名。下文"两部伟大的丧尸片"应指《活死人之夜》（1968）和《活死人黎明》（1978）。

和阿尔弗雷德·雅里[1]。纯正的法式疯狂。

别笑。罗梅罗的片子是直白的悲剧，讲述陷入困境的群体和幸存者。他也很有幽默感。你们记得吗，在他的第二部电影中，丧尸在购物中心周围游荡，因为这是唯一能让他们模模糊糊记起前世生活的地方。但昨晚的电影不一样。它没有太多幽默感，尽管我笑疯了；也与集体的悲剧无关。主角是个小伙子——我猜的，因为我没看到开头——某天他带着女朋友出现在他父亲工作的地方。我再说一次，我没看到开头，所以不确定，也可能是小伙子去看父亲，然后在那里遇到了女孩。女孩叫朱莉，年轻又漂亮，跟许多年轻人一样，渴望变得时尚或至少看上去是时尚的。小伙子是雷诺兹上校的儿子。上校是个鳏夫，而且很疼这个儿子——这一点一开始就显而易见——但他也是名军人，所以父子之间缺乏对爱的表达。

朱莉在基地干什么我们不得而知。没准她是去送比萨外卖然后迷路了，没准她是雷诺兹上校使用的那些"小白鼠"中某人的姐妹，尽管这看起来不太可能，没准她要搭车出城的时候遇到了上校之子。事实就是朱莉

---

[1] 阿尔弗雷德·雅里（Alfred Jarry，1873—1907），法国象征主义作家，被视为超现实主义戏剧的鼻祖、欧洲先锋戏剧先驱，对达达主义、荒诞派戏剧、残酷戏剧都产生了深远影响。

当时在基地，而且某一刻她在地下迷宫迷路了，无知地打开了某扇她永不该打开的门，门后的丧尸开始追她。朱莉当然拔腿就跑，但丧尸把她逼得走投无路，还抓伤了她，甚至一度咬了她的胳膊和大腿。这一场景让人联想到强奸。这时一直在找朱莉的上校之子出现了，他们合力制伏并杀死了丧尸，如果丧尸有可能被杀死的话。然后他们沿着越来越狭窄曲折的地下通道逃跑，最终从下水道跑到了通往路面的出口。在逃命的过程中，朱莉已经出现染病的最初症状。她又累又饿，恳求上校之子丢下她或忘了她。但他冥顽不灵。他爱上了朱莉，或者说早就爱上了她（这暗示他可能早就认识朱莉），事实上，这个英勇高尚、极其年轻的小伙子，无论如何也不会在生死关头弃朱莉于不顾。

他们一上到地面，朱莉就已经饿得无法忍受。另一边，城市的街道冷冷清清。这部电影可能是在某个美国城市的郊区拍的：半是废墟的废弃街区，穷酸的电影剧组午夜来到这里取景。雷诺兹上校的儿子和朱莉现身，她饥肠辘辘，在逃跑的路上一直抱怨。我好疼啊，好饿啊。但是上校之子好像没听到，他一心想的是把她从军事基地救出去，再也不要见到他爸爸。

父子关系有些不寻常。一眼就能看出来，上校将儿子看得比自己的军人职责重要，但这种爱自然没有回应，儿子还远不能理解父亲，不能理解孤独和那种人人都无法摆脱的悲惨命运。小雷诺兹毕竟还有些稚嫩，谈了恋爱，满心就这一件事。但是，注意了，不要只看表面。儿子看上去像个傻小子，一个冒失鬼，鲁莽又缺心眼的小青年，就像曾经的我们，不同的是他讲英语，生活在他独特的位于美国某个大都市郊区废弃街区的荒漠中，而我们讲的是西班牙语（或类似的），窒息地生活在拉美城市凄清的大街小巷中。

这对情侣走出地下通道网时，眼前的情景在某种程度上是我们似曾相识的。光线微弱，建筑物的玻璃窗破破烂烂，几乎没有车辆驶过。

上校之子拖着朱莉走进一家食品店。这种店通常营业到凌晨三四点。店里乱糟糟的，罐头食品、巧克力棒、袋装薯片都堆在一起。只有一个店员。当然，他是名外来移民，从他的年龄和脸上浮现的焦虑又烦恼的表情看，他就是店主。上校之子带着朱莉来到卖甜甜圈和糖果的柜台前，但是朱莉径直走向了冰箱，吃起了生汉堡排。店员从监控里看着他们，当他看到朱莉开始呕吐，就走过来质问他们是不是想白吃不给钱。上校之子伸手从自己的牛仔裤兜里掏出几张钞票甩给了店员。

这时走进来四个人，是墨西哥人。他们在某所学校学习戏剧表演，或在某个街区的角落进行毒品交易，或像约翰·斯坦贝克笔下的农场工人一样采摘番茄，这几种可能性并存。三男一女，二十多岁，没头没脑，做好了在随便哪条陋街窄巷里送命的准备。这伙墨西哥人对朱莉呕吐这事产生了兴趣。店员说钱不够。上校之子说够了。那谁来赔偿损失啊？这么恶心的烂摊子谁收拾啊？店员指着那摊核绿色的呕吐物说道。就在双方争论的时候，一个墨西哥人溜进了收银台偷钱，另外三个墨西哥人还在盯着那摊呕吐物，好像里面藏着宇宙的秘密。

当店员意识到自己正在遭遇抢劫时，他掏出一把手枪吓唬抢劫者。这时，上校之子趁机摆脱困境，还从柜台又抓了一把糖，而后恳求朱莉赶紧跟他一起走，但朱莉已经转身回到了生肉那边，她一边撕咬一块牛排，一边哭着说她也不知道是怎么回事并求小雷诺兹赶紧走。墨西哥人跟店员打起来了。他们掏出折叠刀，那刀在小食品店的人造灯光下闪闪发光。刹那间，他们抢下店员的枪并朝他开枪。店员倒下了。一个墨西哥人跑到酒水柜台都没看是什么就迅速拿了几瓶酒。当他经过朱莉身边时，朱莉一下咬住了他的胳膊。墨西哥人哇哇惨叫。不管上校之子怎么恳求，朱莉都死咬着不松口。接着，又是一声枪响。

有人大喊，我们走，我们走。墨西哥人好不容易才把胳膊从朱莉嘴里拽出来，一边疼得大喊大叫，一边追上他的同伴。小雷诺兹检查了一下倒在地上的店员。他还活着，小雷诺兹说，得送他去医院。不，朱莉说，别管他，警察会来帮他。他们跟跄着快步离开食品店。他们看到外面停着一辆黑色的小货车，就撬开坐了进去。小雷诺兹刚要发动车，店员又出现了，求他们带他去医院。朱莉看着他，什么也没说。店员的白衬衫已被血染红。上校之子说：上车吧。他坐上车，就在他们打算离开的时候，听到了警车的鸣笛。店员说他想下车。不行，上校之子说着踩下了油门。

追击开始了。没过多久警察就开始射击。店员打开小货车的后门大喊别再开枪了，然后在一阵枪林弹雨中倒下。朱莉坐在后座上，转身凝视着黑暗。她听到他在哭，奄奄一息的店员因即将失去生命而哭泣，这一生他在异国他乡为了养活家人而不眠不休。现在一切都结束了。

而后朱莉从座位起身坐到车尾。上校之子继续驾车摆脱警察追赶，朱莉开始啃食店员的胸口。当小雷诺兹脸上带着灿烂的笑容，转头告诉朱莉警察被甩掉了的时候，她正四肢着地，像头老虎或交欢中的人，发出一声满足的叹息，因为她终于不饿了。但我们很快就会发现，这不过是暂时的。当然，上校之子唯一能做的就是吓得大叫。接着，他说：朱莉，你干了什么呀？你怎么能这样？然而，从他的语气中我们可以清楚地听出爱意，所以尽管他的女朋友吃人，也还是他的女朋友，她高于一切。朱莉的回答很简单：我很饿。

就在这时，当小雷诺兹默默发泄他的恼怒时，警车又出现了。于是这对年轻人又开始在黑暗寂静的街道上四处逃窜。我们还将迎来最后的惊悚：当警察向逃亡者们开枪时，小货车的后门开了，店员出现，已经变成饥饿丧尸的他先是咬住一名警察的喉咙，然后又扑向那人的同伴，后者把枪里的所有子弹都打在丧尸身上，但一点用没有，于是被吓得动弹不得，最终被店员吞掉了。这时候，军事基地的两辆车堵住了这条街，他们用相当奇怪的武器，类似激光枪，先制伏了店员然后又干掉两个刚变成丧尸的警察。雷诺兹上校从其中一辆车上下来，他问士兵们有没有看到他儿子。士兵们说没有。街上出现另一辆车，一位女上校，即兰多夫斯基上校，从车上下来。她通知雷诺兹，即刻起这里由她指挥。雷诺兹说他才不在乎指挥权归谁，他只希望儿子安然无恙。你儿子应该已经被感染了，兰多夫斯基上校说。这一幕很古怪：兰多夫斯基扮演起"父亲"的角色，试图牺牲那个年轻人，而雷诺兹则像"母亲"，为了儿子的性命不惜一切。第五、第六辆车也停在了街角，但没有人下车，是那些墨西哥人的车。

他们认出了食品店的小货车，那对情侣就是开着这辆车逃走的。其中一个墨西哥人，就是被朱莉咬了的那个，已经病得很重，发着高烧，说着胡话。他想吃东西。他不停地告诉朋友们他饿坏了。他求他们把他送去医院。墨西哥女孩赞同他的想法。我们应该带他去医院，她通情达理地说。另外两个也同意，但他们首先要找到那个咬了他们兄弟的贱人，然后狠狠教训一顿，让她永生难忘。

既然所有事情，时间久了，就会被忘掉，那想必他们俩的意思是杀死她。两人的复仇之火熊熊燃烧。他们谈论着荣誉、尊重、体面和信仰。然后他们启动车子，开走了。士兵们丝毫没有表现出注意到他们的迹象，就好像这条幽灵似的大街突然变得车水马龙起来。

下一场戏，我们看到朱莉和小雷诺兹走过一座桥。我们在哪儿能打到车？小雷诺兹琢磨着。朱莉说她再也走不动了。桥的另一头有个公共电话亭。在这儿等我，小雷诺兹说，然后跑向了电话亭，但到那儿却发现里面没有电话簿，听筒也被扯掉了。从那里，他看到朱莉已经爬上了桥栏杆。他大喊道：朱莉，不要啊！然后就往回跑。但朱莉纵身一跃，消失在水里，不过很快又浮出了水面，随着水流漂走，头浸在水中。上校之子跑下河岸的台阶。河水很浅，三十厘米，最深的地方不到一米。河边有人造堤，河床也铺整过。一个黑人流浪汉藏在混凝土桥墩间，留意着小雷诺兹。小伙子为搜寻朱莉来到了黑人面前，黑人告诉他别找了，女孩已经死了。不，上校之子说。他接着寻找，那个黑人紧随其后。

当小雷诺兹找到朱莉的时候，女孩浮在一处水湾中。朱莉，朱莉，她年轻的恋人呼唤着。不知道女孩在水里泡了多久，她咳嗽着叫出了他的名字。我他妈这辈子也没见过这种事，黑人说。

这时候，在五十米开外的地方，墨西哥人出现了（出现一词在这个故事中会多次出现）。他们在车外观察，一个人坐在引擎盖上，另一个靠着挡泥板，女孩则爬上了车顶，只有那个受伤的待在车里从车窗观察或说试着观察外面的情况。墨西哥人做了一个威胁的手势，发誓要给他们惩罚、无尽的痛苦和羞辱。完蛋了，黑人说，跟我走。他们钻进城市的下水道系统。墨西哥人在后面追着，但是管道的迷宫太复杂了，黑人和年轻的情侣很快就甩掉了追击者。终于，他们到达了一处像迪厅一样舒适的避难所。这是我的地盘，黑人说。然后他给二人讲述了自己的人生。他不得不做的工作，警察的长期骚扰，20 或 21 世纪美国工人的倒霉生活。我这身板儿扛不住了，黑人说。

他家还不错。有张床，他们让朱莉躺在上面；还有些书，他说都是在下水道里捡的，有自助类的书，有关于革命的书，还有技术类的书，比如如何修理割草机。他这儿还有个像卫生间的地方，里面有简陋的花洒。这里流的都是干净水，黑人说。天花板的一个洞里不断流下清澈的水。我们都是手边有什么就用什么建个藏身的地儿，他解释道，然后拿起一根铁棍，说他们可以休息了，自己出去放哨。

下水道里永远是黑夜，但是那晚，那个最后的平静之夜，格外怪异。小伙子跟朱莉做爱，而后在破烂不堪的扶手椅里睡着了。黑人也睡着了，嘴里嘟囔着谁也听不懂的梦话。女孩是唯一没有睡意的人，她走进别的房间，因为食欲又被勾了起来。但和先前不同的是，现在朱莉知道自虐的痛可以替代对食物的渴望。于是我们看到她用针扎自己的脸，用铁丝刺穿乳头。

这时，那几个墨西哥人又出现了，先是轻松制伏了黑人，然后是雷诺兹上校的儿子。他们四处寻找朱莉，还大声恐吓，如果她不从藏身处出来，他们就杀了黑人和她男朋友。此时一扇门打开，朱莉出现。她变了好多，现在简直就是穿钉女王的化身。领头的墨西哥人（最壮的那个）被她吸引。那个受伤的墨西哥人躺在地上，哀求他们带他去医院。墨西哥女孩安慰着他，但眼睛却紧盯着朱莉。另一个墨西哥人抓着上校之子，后者正像着魔了一样大喊大叫，朱莉（极有）可能会被强奸，这他可受不了。黑人仍然躺在地上昏迷不醒。

朱莉和领头的墨西哥人进了一个房间。不，朱莉，不，不，不，小雷诺兹抽泣着。墨西哥人的声音从门后传来：我就喜欢你这样，宝贝，脱了吧，宝贝，天哪，宝贝，我觉得你的穿钉有点儿太多了，跪下来，宝贝，很好，很好，屁股撅起来，太棒了，啊，啊。还有类似的动静传出来，直到他突然大叫起来，然后传来打斗的声音，好像一个在踢另一个，或者把人猛地扔到墙上，接着大叫声停止了，只剩下啃食的声音，直到门打开，朱莉再次出现，满嘴（实际上是满脸）是血，手里还拎着那个墨西哥人的头。

这可气疯了另一个墨西哥人。他拔出手枪，走向朱莉，朝她狂射一通打光了所有子弹，但是子弹当然伤不了她分毫，她满意地笑了笑，然后一把抓住那家伙的衬衫，把他拉向自己，一口就咬开了他的喉咙。这一幕令小雷诺兹和已经醒过来的黑人瞠目结舌。相反，那个墨西哥女孩很冷静，试图逃跑，但是在她想要爬上通往上层下水道口的金属梯时，朱莉追上了她。墨西哥女孩狂暴地连踢带骂，但还是敌不过朱莉更强的力量，她松手掉了下来。别那样，朱莉，上校之子赶在他女朋友一口咬烂墨西哥女孩的脸前说。于是朱莉掏出她的心脏吃掉了。

此时，一个声音传来：你以为你赢了吗，你个婊子。朱莉转过身去，我们看到说话的是最后一个墨西哥人，他已经彻底变成了丧尸。他们两个开始大战。有那么几秒钟，朱莉在黑人和男朋友的帮助下看上去要赢了，但朱莉杀死的那几个人又满血复活站了起来，丧尸显然比正常人类要强大得多，这意味着几个墨西哥人毫无悬念地占了上风。因此，我们的三个主人公开始逃窜。黑人把他们带到一个房间。他们锁住了门。黑人让他俩先跑，自己想办法（天知道有什么办法）拖住丧尸们。朱莉和小雷诺兹没有迟疑就跑到了另一个房间。逃跑路上有一刻，朱莉凝视着男友的眼睛，我记不清楚是用眼神还是言语问他，他怎么仍然爱着她。小雷诺兹亲了亲朱莉的脸颊，然后擦了擦她的嘴唇，又亲了上去，以此作为回答。我爱你，他说，比以往任何时候都更爱你。

接着他们听到一声惨叫，明白黑人死了。他们藏身的这个房间没有其他出口，只有胡乱堆放的破旧家具形成的一条条过道，好像是由速朽或说不愿永久存在之物构成的迷宫。我得离开你了，朱莉说。小雷诺兹不明白她什么意思。当朱莉用非凡之力把他扔到几把破扶手椅、坏掉的洗衣机和废旧电视机构成的破烂堆下时，他才明白朱莉打算为他牺牲自己。他几乎来不及反应。朱莉已经冲出去开打并且失败了，墨西哥丧尸们进来找他了。小雷诺兹满脸是泪，但他尽力缩成一团藏好，就像那堆破烂下面的一个肉球。

墨西哥丧尸们还是找到了他，他们想把他拽出来。小雷诺兹看着他们一张张饥饿的脸，又看到黑人饥饿的脸，以及朱莉面无表情地望着他。恰在此时，雷诺兹上校在三名手下的护卫下，一脚踹开了门，用特制步枪扫射所有的丧尸。他一边开火一边不停地呼喊着儿子的名字。我在这儿，爸爸，小雷诺兹说。

噩梦结束了。

下一场戏，我们看到上校舒舒服服地坐在办公室里，正跟小雷诺兹提议一起去阿拉斯加度假。小雷诺兹说他会考虑这一建议。儿子，你可以慢慢考虑，上校说。然后剩下上校一个人，他自顾自笑起来，好像不敢相信他竟然如此幸运。他的儿子还活着。而此时，小雷诺兹已离开父亲的办公室，走进了基地的地下通道。他满脸惶恐不安。不过，远处传来的嘈杂声渐渐让他从沉思中回过神。他听到一阵阵嘶喊、号叫，那些人陷入痛苦不能自拔。他不由自主地循着声音走去，没走多远，走廊尽头拐角处有一道门，他打开门，一间巨型实验室展现于眼前。

军方的科学家们热情地跟他打招呼，他从小就认识他们。他继续往里走，发现了几间玻璃囚牢。那些墨西哥人被关在里面，每人一个单间。他继续走，找到了关朱莉的囚牢。朱莉看到并认出了他。上校之子把手放在玻璃壁上，朱莉去碰他的手，或者说做出碰它的样子。在一间大一点的玻璃囚牢里，一些科学家正在摆弄那个黑人。他会变成一名超能战士，他们说。他们正电击他的大脑。黑人满腔愤恨，号叫着。上校之子藏在一个角落里。当科学家们出去茶歇的时候，他站起身，问黑人是否还认得他。模模糊糊，黑人说，我脑子里的事全都模模糊糊了，还都他妈奇奇怪怪的。

我们曾经是朋友，上校之子说，我们是在河边认识的。我记得三十街的一间公寓，黑人说，还有一个女人的笑声，但我不知道我在那儿干了什么。小雷诺兹打开黑人的锁链。这家伙现在走起路来像个机械战警，一个丧尸机械战警。不要攻击我，上校之子说，我是你的朋友。明白，黑人说，他走向一个架子取下一杆冲锋枪。科学家们回来时，黑人用一通扫射迎接他们。与此同时，小雷诺兹又放出了朱莉，然后告诉她他们要再次踏上逃亡之路了。他们亲吻了彼此。士兵们试图干掉黑人。朱莉和男友偷偷逃出牢房的时候，她把那几个墨西哥人也都放了。来了更多士兵。子弹击碎了那些存放人体碎块的容器。内脏和脊椎骨在实验室的地板上缓慢移动。警报声尖啸。在激烈的混战中，很难判断哪一方占上风，甚至不知道是否真的存在对战双方，或者每个人都是为了自己的生存和他人的灭亡而战。扩音器里一个声音不断重复：封锁第五层走廊。我的儿子！雷诺兹上校边喊边像疯子一样冲向了第五层。

黑人被兰多夫斯基上校的子弹射得千疮百孔，但转头上校就被墨西哥女孩吞掉了。士兵们击退了一波由血淋淋的人体碎块发动的进攻。但第二波进攻突破了他们的防线，然后他们就被那些碎块生吞了。丧尸越来越多。一时间所有人陷入混战。上校赶到第五层。透过窗户，他看到了儿子和朱莉，向他们指明还没封闭的走廊，那是唯一的逃生通道。上校之子牵着朱莉的手，他们朝着父亲指示的方向逃去。我浑身都痛，朱莉说。别再说了，小伙子说，我们离开这儿你就会好起来，你信我吗？我信，朱莉说。

在尚未封锁的走廊里，雷诺兹上校出现了，赤手空拳，衬衫被汗水浸透，不光是因为他一直在跑，还因为第五层的温度大幅升高。雷诺兹上校的脸都变形了，也可以说他的表情很像亚伯拉罕。他的每个毛孔都在重复儿子的名字，都在诉说对他深深的父爱。他的军人生涯、科研工作、责任、荣誉以及祖国，全部在这份紧迫情景中的爱面前化为碎片。往这儿跑，跟着我，快点儿，门快自动关闭了，跟住我你们就能逃出去。但他得到的唯一回应就是儿子悲伤的凝视，这一刻，也许是第一次，他比父亲知道得更多。父亲在走廊这头。儿子在那头。刹那间，门关上了，他们从此生离死别。

儿子身后有个类似火炉的东西。不知道是原本就在那里，还是丧尸暴动引发的大火蔓延。令人害怕。朱莉和小伙子手牵着手。来吧，朱莉，小伙子说，别怕，我们永远不会分开。此时，另一边，上校正拼命试图破门，无济于事。他的儿子和朱莉走向火焰。另一边，上校徒劳地用拳头砸门，他的指关节鲜血淋漓。我不怕，朱莉说。我爱你，小雷诺兹说。另一边，上校仍在拼命试图破门，无济于事。两个年轻人走向火焰，然后消失了。画面一片赤红。唯一的画外音是机枪突突作响。接着是爆炸声、尖叫声、呻吟声和电火花的噼啪声。另一边，上校浑然不觉，还在拼命试图破门，无济于事。

2000—2001

巡演

我的想法是对那位失踪的音乐人约翰·马隆做一次采访。大概五年前，马隆走出了传奇人物所栖身的黑暗地带，他如今其实已经不是新闻人物，但粉丝们没忘记他的名字。在 1960 年代，马隆和雅各布·莫利、丹·恩迪科特一起创立了 Broken Zoo[1] 乐队，成为那个时代最卓越的摇滚乐队之一。1966 年，Broken Zoo 录制了首张完整专辑，真是令人赞叹的作品，堪称那个时代英国乐坛的顶尖之作，我说的可是甲壳虫乐队、滚石乐队活跃的那个时代。很快 Broken Zoo 又推出了第二张专辑，出人意料的是，居然比第一张还要出色。乐队开始在欧洲巡演，之后又去了美国。他们的北美巡演长达数月。他们从一个城市到另一个城市的同时，专辑也在销售榜上不断攀升并最终登顶。他们回到伦敦后休整了

---

[1]　原文为英语，意为"破碎的动物园"。

几天。莫利回到他在伦敦市郊刚买的豪宅闭关，因为那里有他的私人录音室。恩迪科特忙着与蜂拥而至的美女们周旋，直到其中一人俘获了他的心，于是他们在贝尔格莱维亚区买房结婚。说到马隆，他好像郁郁寡欢一些。据 Broken Zoo 的一些传记记载，他参加了一些古怪的派对，但传记作者们也没明说哪里古怪。我猜按照那时候的说法，可能就是涉黄涉毒。不久，马隆就销声匿迹并且持续了相当长一段时间。大概一个月？两个月？乐队经理召开新闻发布会，承认了早已被议论纷纷的消息：约翰·马隆没做任何解释就退出了乐队。没多久，莫利和恩迪科特，还有鼓手龙尼·帕尔默，以及另一位名叫科里根的乐队成员都对此事给出了各自的说法。除了帕尔默，马隆没跟任何人联系过。消失大概三个星期之后，他给帕尔默打去电话，只是报个平安，告诉他们别找他，也别等他，因为他不想回去了。人们都说乐队要解散了。因为马隆是最棒的，很难想象没有他 Broken Zoo 还能继续存在。接着莫利在自己的郊区豪宅里闭关了一个月，恩迪科特每天都去跟他一起工作十个小时，直到他们推出了第三张专辑。大大出乎乐评人们的意料，Broken Zoo 的第三张专辑比前两张还要棒。在第一张专辑中，马隆一个人创作的词曲占 70%。到了第二张，仍旧是 70% 的创作出自马隆之手，剩余部分，莫利和恩迪科特分别占 30% 和 25%，还有一首歌的歌词是莫利和帕尔默共同创作的，这无疑是个例外。第三张专辑则完全不同，90% 都出自莫利和恩迪科特之手，还有 10% 由莫利、恩迪科特、帕尔默及乐队新成员维纳布合作完成，他是在马隆不再回归已成事实的情况下加盟乐队的。专辑里收录了一首献给马隆的歌，没有责备，只有友情和敬佩。这首名为《你何时回来？》的歌也以单曲形式发行，不到两周就成为伦敦十大金曲榜第一名。当然，马隆没回来，尽管一些记者到处找他，但都无功而返。甚至有消息说他死于法国的一个城市，尸体被埋进了公墓。而 Broken Zoo 乐队则在第三张专辑后又发行了第四张，收获一众好评，接踵而至的是第五张，以及双唱片装的第六张，堪称无与伦比的神作，而后他们停演休整了一段时间，但接着又推出了第七张，相当不错，然后是第八张，1980 年代中期他们发行了第九张专辑，同样是双唱片，莫利和恩迪科特一定是跟魔鬼签了契约，因为这张专辑风靡全球，从日本到荷兰，从新西兰到加拿大，甚至好像台风一样席卷了泰国，这足以说明他们的成功。之后乐队解散了，尽管在一些特定日子的特别场合，他们还会时不时重聚，一起表演他们的老歌。1995 年《滚石》杂志的一位记者发现了马隆的踪迹。这篇文章只引起了那些还保存着乐队首张黑胶唱片的老歌迷的震惊。对多数读者而言，他们对一个被很多人认为已经过世的人的命运并不感兴趣。马隆的一生，从某种意义上讲，就像活死人。当年他离开伦敦的时候，所做的不过是回了父母家。仅此而已。他在那里待了两年，什么也没做，而那时他的前队友们踏上了寰宇征程。

2000—2001

挑事者

那是 2003 年，反对伊拉克战争的大规模示威游行在欧洲爆发期间，诗人庞克·阿尔特斯展出了他的一系列创作，正如艺术家本人所说，这不过是一些草稿、实验，是在黑暗且不为人知的房间里进行的秘密练习。关于巴利拉纳，没什么可说的：他很年轻，只有二十一岁，没工作，家境一般（但充满爱，他们很支持他），文学品位还在养成中，尽管他那时已经读过雅里的全部作品，这是他最爱的作家，岁月不曾黯淡其光芒。至于那时巴利拉纳的性格什么样，有不同的说法。通常人们会说他是个有点内向（不过分内向）、有点腼腆（也不过分腼腆）的年轻人，只信奉艺术与科学。艺术和科学的组合对他而言意味着作品。就这点而言，他是个典型的加泰罗尼亚人。上帝和机遇属于艺术，永恒和迷宫属于科学。当反对伊拉克战争的示威游行开始时，他把自己关在家里三天，就像那些日本年轻人把自己锁在父母家中的狭小卧室里从此不再出门一样，既不找工作、不购物，也不去看电影、不去公园散步。巴利拉纳的房间宽敞得多（因为他是独生子，也因为他并非住在东京而是埃尔马斯诺[1]的一个街区），他只把自己关了三天，几乎没合眼，一直在看电视（床脚有一台电视机），关注着游行的动态，而且心里一直琢磨着什么。三天后，他爬上屋顶，做了一个小标语牌，上面写着"反对战争—萨达姆·侯赛因万岁"。他在一块不大的硬纸板上，用拉丁字母写下这句话，然后用订书机把它固定在一根一米半长的木条上，看上去很像回事。在标语牌两边的空白处，他突发奇想恶趣味地画了几朵小花，虽然看起来更像四叶草。第二天，他坐上去往巴塞罗那的火车，在奥斯皮塔莱特[2]参加了一场反战游行，不过参与者寥寥，那天晚上他还加入了圣若梅广场上的敲锅抗议活动，在那里他也高高举起了自己的标语牌。在奥斯皮塔莱特没人跟他讲话。在圣若梅广场也没人跟他讲话，但巴利拉纳在那里用足球裁判的哨子声嘶力竭地造势。当晚他错过了回埃尔马斯诺的最后一班火车，就跟那些

---

[1] 埃尔马斯诺（El Masnou），西班牙加泰罗尼亚自治区巴塞罗那省的一个市镇。

[2] 奥斯皮塔莱特（Hospitalet），西班牙加泰罗尼亚自治区巴塞罗那省的一个市镇。

无家可归者一起睡在了车站的长椅上。第二天，他又加入自治大学学生的队伍，他们从大学徒步到萨里亚街区，边走边高呼反战和反美口号，造成该路段交通几度中断。在穿过一条环路时，一个新闻专业的女孩走到他跟前说，她反对战争但这并不意味着她支持萨达姆·侯赛因。女孩名叫多洛丝，巴利拉纳告诉她自己叫昂里克·德·蒙泰朗。示威活动结束后，他们一起去萨里亚广场喝了杯咖啡并约好第二天一起参加从加泰罗尼亚兰布拉大道到加泰罗尼亚广场的那个更大规模的游行。那天他回到埃尔马斯诺，洗了个澡又换了身衣服，因为隐约感觉到前一天晚上可能招了跳蚤。实际上，他被咬了一身小红包。睡觉前巴利拉纳做了很多笔记，写下很多问题。他没有陷入简单的自问自答。写完这些，他又爬上屋顶做了块新的标语牌。这回写的是"反对战争—伊拉克人民万岁—犹太人去死"。第一行"反对战争"字最大，第二行小一些，第三行最小。所用的字体弯弯绕绕，让人误以为是阿拉伯文，一种卡通风格的阿拉伯文。他又在标语牌两边的空白处点缀了一些和平符号。都弄好后，他自言自语道：看看这回会怎么样。而后他吃了一份塞拉诺火腿三明治加番茄面包，接着便把自己关进卧室，想着多洛丝自慰，直到睡着，电视机一直开着，不过声音很小不会吵到父母。第二天一早他坐上第一班火车，车厢中有工人也有学生，不过多数还是上班族，男人们打着领带，女人们穿着难看但得体的套装，尽管偶尔也能看到几个有点衣品的人，他们似乎是想表明自己并不是彻头彻尾的失败者。这些人仿佛把一切都寄托在性、诱惑、取悦与被取悦上，巴利拉纳觉得这些不重要，但也不能说完全没有意义。另一些人看起来更可怜：戴眼镜的、屁股和大腿上赘肉过多的女人们，一旦在房间里脱光就只会令人厌恶的男人们。至于工人，他们很好辨认，因为他们都穿着蓝色或黄色的工作服，手里拿着餐袋，里面是铝箔纸包着的三明治，他们看起来对一切都漠不关心，而且在很大程度上，他们不只是看起来而是真的对一切漠不关心，因为他们大多是来自马格里布[1]或撒哈拉以南非洲或南美的移民，根本不关心西班牙人的所作所为。当列车进入巴塞罗那隧道，快到凯旋门车站时，巴利拉纳大喊："反对战争。"他的喊声吵醒了一些人，惊吓到了另外一些，但在惊吓过后，几乎整个车厢都立刻高声回应："反对战争。"

2000—2001

---

[1] 马格里布（Magreb），古代原指阿特拉斯山脉至地中海海岸之间的地区，有时也包括穆斯林统治下的西班牙部分地区，后逐渐成为摩洛哥、阿尔及利亚和突尼斯三国的代称。

两则天主教故事

I. 圣召

1. 那时我十七岁，我的生活，我是说每一天的、日复一日的生活，是持续不断的战栗。没有什么能让我开心，也没有什么能排空我心中积聚的痛苦。我像一个突然闯入的演员，生活在圣维森特殉道的组画中。圣维森特啊，瓦莱罗主教的执事，在公元304年备受总督达契亚折磨的圣维森特，请您可怜可怜我吧！ 2. 有时我会同华尼托交谈。不，不是有时，是经常。我们会坐在他家的扶手椅上谈论电影。华尼托喜欢加里·库珀，说他容貌俊美、温和节制、灵魂洁净、充满勇气。节制？勇气？我知道他所确信的事物背后隐藏着什么，真想把真相啐他一脸，不过我选择在他不看向我时把指甲抠进扶手里，咬住嘴唇，甚至闭上眼，假装正在思考他说的话。但我没有在思考。正相反，圣维森特殉难的画面像走马灯一样出现在我眼前。3. 一开始是他被绑在 X 形的木架上，四肢脱臼错位，他们用铁钩撕扯他身上的肉。接着是他躺在被炭火烧红的烤架上，遭受火刑折磨。接着是他被囚禁在地牢里，地上布满碎玻璃和碎瓷片。接着是他的尸体被遗弃在沙漠里，乌鸦保护着这位殉道者的尸体，以抵御一只饿狼的扑食。接着是他的尸体被从船上扔进海里，脖子上绑着磨盘。接着是海浪将尸体冲回岸上，一名妇女和其他基督徒虔诚地将他埋葬在那里。4. 我有时感到头晕目眩，想要呕吐。华尼托通常会谈论我们最近看过的电影，我会点头表示认同，可我觉得自己快要淹死了，仿佛我坐的扶手椅处于深邃的湖底。我记得电影院，记得买票的那一刻，但记不起我的朋友正在回忆的那幕场景，我唯一的朋友！仿佛湖底的黑暗入侵了一切。如果我张开嘴，就会吞进水。如果我呼吸，就会吞进水。如果我还活着，就会吞进水，我的肺会永远浸在水里。5. 有时华尼托的母亲会走进房间，问我一些私人问题。比如我的学习进展如何，在读什么书，是否去了市郊的马戏团。华尼托的母亲总是穿得十分优雅，而且和我们一样，是个影迷。6. 我曾经梦见过她，那次我打开她卧室的门，看到的不是床、梳妆台和衣柜，而是一个空空荡荡的房间，铺着红砖地板，房间仅仅是一条长长的走廊的前厅。走廊长得像是公路上的山间隧道，公路的终点是法国。只不过隧道不在公路上，而是在我最好朋友的母亲的房间里。我最好时刻提醒自己这一点：他是我最好的朋友。而这条隧道，与寻常的山间隧道不同，它似乎悬浮在一种非常脆弱的寂静中，就像一月下旬或二月上旬的寂静。7."在不祥的夜晚做出罪恶的行为。"我念给华尼托听。罪恶的行为，不祥的夜晚？是因为夜晚是不祥的，所以该行为是罪恶的，还是因为该行为是罪恶的，所以夜晚是不祥的？这算什么问题。我几乎要哭了。你这个傻子，你什么都不懂，我看着窗外说道。8.华尼托的父亲身材矮小，但仪表堂堂。他参过军，在战争期间多处负伤。他的勋章装在一个玻璃盒子里，挂在书房的墙上。华尼托说：当我父亲到达这座城市时，他不认识任何人，人们不是恐惧地看着他，就是带着怨恨看着他，几个月后，他遇到了我的母亲，他们交往五年后，父亲把她带到了教堂的祭坛前。我姑妈有时会谈起华尼托的父亲。据她说，他是一位正直的警察局局长。至少，大家是这么说的。如果一个女仆从她主人的家里偷了东西，华尼托的父亲会把她关起来三天，连一小块硬面包都不给。第四天，他会亲自审问她，仆人会急忙承认她的罪行，招供珠宝的确切位置及偷走珠宝的工人的名字。随后，警察会逮捕该男子并将其关进监狱，华尼托的父亲则会将女仆送上火车，并建议她不要再回来。9.这些行动受到了所有人的赞扬，仿佛此举彰显出警察局局长的卓越才智。10.华尼托的父亲刚来那会儿，只与赌场常客有来往。华尼托的母亲当时十七岁，一头金发，从房子某些角落挂着的照片来看，她当年的发色比现在还要淡。她结婚时已在圣母圣心学校完成了学业，那是旧堡垒北边的一所修女学校。华尼托的父亲当时大概三十岁。他现在退休了，仍旧每天下午去赌场，喝一杯茴香酒咖啡或白兰地，还是经常和那些赌场常客一起玩骰子，虽然已经不再是当年那拨人了，可仿佛一切仍是老样子，因为他们理所当然地对他充满钦佩。华尼托的哥哥住在马德里，是那里有名的律师。华尼托的姐姐已经结婚，也住在马德里。在这个该死的家里，我是唯一剩下的人了，华尼托说。还有我呢！还有我！11.我们的城市每天都在萎缩。有时我感觉人们不是在离开，就是在房间里收拾行李。如果我要离开，我不会带行李箱，甚至连一些随身衣物都不会带。有时我把头埋在双手里，听着老鼠沿墙壁奔跑的声音。圣维森特，请赐予我力量。圣维森特，请赐予我节制。12.两年前，华尼托的母亲问我：你想成为圣人吗？是的，夫人。我认为这是个好主意，但你必须非常优秀，你优秀吗？我会努力的，夫人。一年前，我走在莫拉将军街上，华尼托的父亲向我打招呼，然后停下来问我是不是恩卡纳西翁的侄子。是的，先生，我说。你就是那个想成为神父的孩子吗？我微笑着点点头。13. 为什么要微笑点头？为什么要带着愚蠢的微笑道歉？为什么要像个白痴一样微笑着移开视线？14. 因为谦卑。15. 这非常好，华尼托的父亲说，简直太棒了，那你要学很多东西，对吧？我微笑着点点头。而且得少看点电影了。是的，先生，我很少去看电影。16. 华尼托父亲挺拔的身影渐行渐远，一个年长但仍然精力充沛的男人，看上去仿佛在踮着脚尖走路。我看着他走下通向玻璃匠街的台阶，看着他在视线中消失，他没有一点不安，没有一丝犹豫，没有看向任何一扇商店橱窗。华尼托的母亲则与之相反，她总是盯着商店橱窗看，有时她会走进商店，如果你留在外面等她，会不时听到她的笑声。如果我张开嘴，就会吞进水。如果我呼吸，就会吞进水。如果我还活着，就会吞进水，我的肺会永远浸在水里。17. 你想成为什么样的人，蠢货？华尼托问我。要成为什么还是要做什么？我说的是"成为"，白痴。随上帝安排，我回答道。我姑妈说：上帝让人人各在其位，我们的祖先都是好人，我们家没出过军人，但有很多神父。比如谁？我问她。姑妈嘟囔了一下。我几乎要睡着了，恍惚间看到一个被雪覆盖的广场，农民带着他们的货物来到市场上，扫雪然后疲惫缓慢地摆摊。

比如，圣维森特！姑妈突然叫了出来。萨拉戈萨地区主教的执事，在公元304年，也有说法是305、306、307或303年，被逮捕并转移到瓦伦西亚，总督达契亚对他施以酷刑，他因此而丧命。18. 你觉得圣维森特为什么穿着红色衣服？我问华尼托。不知道。因为教会的所有殉道者都穿红色衣服，以表明身份，我说。这个孩子很聪明，苏维塔神父说。苏维塔神父冰冷彻骨的书房里只有我们，苏维塔神父，或者更确切地说，苏维塔神父的衣服，混合着黑烟草和酸牛奶的气味。如果你决定进入神学院，我们的大门向你敞开，他说。圣召，来自神的召唤，令人战栗，但是，让我们不要夸张。我战栗了吗？我是否感受到了大地在移动？我是否体验到了与神结合的眩晕？19. 让我们不要夸张，不要夸张。共产党也这么穿，华尼托说。我告诉他：他们穿的是卡其布的军装，是绿色的，还带有迷彩条纹。不，华尼托说，共产党穿的是红色衣服，还有妓女也是。这是我感兴趣的话题。妓女？哪来的妓女？就是本地的妓女，华尼托说，我猜还有从马德里来的妓女。在这里？在我们的城市里？是的，华尼托说。他想换个话题。就我们这小城、这小地方，就这穷乡僻壤的，还有妓女吗？嗯，是的，华尼托说。我以为你父亲已经让她们都从良了。从良？你以为我父亲是神父吗？我父亲是一位战争英雄，后来当了警察局局长，我父亲从不改良任何人，他调查并侦破案件，仅此而已。你在哪儿见过妓女？就在她们一直居住的摩尔人山上，华尼托说。我的天啊！ 20. 我姑妈说圣维森特……你姑妈和圣维森特什么的真是够了，你姑妈疯了，无可救药，你怎么可能来自一个可以追溯到公元 300 年的家族？你在哪儿见过这么古老的家族？连阿尔巴家族[1]都没这么古老。过了一会儿，他又说：你姑妈不是坏人，相反，她是个好人，只是脑子不太清醒，我们今天下午去看电影吗？要放克拉克·盖博的片子。华尼托的母亲说：去吧，去吧，我前两天去看了，是个非常有趣的故事。华尼托说：妈妈，这家伙没钱。她说：那你借给他不就行了。21. 愿上帝怜悯我的灵魂。有时我希望所有的人死掉：我的朋友、他的母亲、他的父亲和我的姑妈，以及所有的邻居、行人和把车停在河边的司机，甚至还包括在河边公园里跑来跑去的可怜无辜的孩子们。愿上帝怜悯我的灵魂，让我变得更好。要不然就请让我解脱吧。22. 不过要是所有人都死了，我该拿这么多尸体怎么办？我要如何继续在这座城市（或许只能称得上半个城市）生活？我该把所有

---

[1] 阿尔巴家族（casa de Alba）是西班牙的一个贵族家族，起源于卡斯蒂利亚王室，其历史可以追溯到 14 世纪。

人都埋葬了吗？还是把他们的尸体都扔进河里？我有多少时间？他们的肉身多久会开始腐烂、散发臭味？多久恶臭会变得令人难以忍受？哦，下雪了。23. 大雪覆盖了街道。进电影院前我们买了栗子和糖衣杏仁。我们把围巾拉到鼻子上，华尼托笑着谈论发生在亚洲旧荷属殖民地的冒险故事。出于基本的卫生要求，他们不让任何人带栗子进电影院，但让华尼托带着进来了。这部电影如果由加里·库珀来演会更好，华尼托说。亚洲。中国人。麻风病院。蚊子。24. 从影院出来后，我们在库奇尤斯街分开。我一动不动地站在漫天飘落的雪花中，华尼托则朝他家跑去。可怜的孩子，我心想，尽管华尼托其实只比我小一岁。他离开后，我沿着桶匠街走到索尔多广场，然后调转方向，沿着旧堡垒的围墙前往摩尔人山。积雪映着路灯的光，老房子的外墙以一种稍纵即逝又自然而然的方式——也可以说是宁静地——重获昔日的华丽外表。我向一扇白色边框的窗户里探头，看到一间整洁的大厅，其中一面墙上挂着耶稣圣心像。可我什么也看不见，什么也听不见。我沿着人行道有暗影的那侧继续向上爬，这样就不会被人认出来了。直到走到卡达尔索广场，我才意识到，在上山的整个过程中，我没遇见任何人。冰天雪地的，不会有人愿意放弃温暖的家，跑到街上来挨冻，我自言自语着。天完全黑了，在小广场上能看到一些街区的灯光、从唐罗德里戈广场延伸出的几座桥，能看到河流拐了一个弯，继续流向东方。星星在夜空中闪闪发亮。我觉得它们看起来像雪花。悬浮的雪花，也就是说，它们经由上帝的挑选，在苍穹中保持静止，但终究只是雪花。25. 我快要冻死了。我决定回姑妈家去，在炉子旁喝杯热巧克力或热汤。我感到疲倦，头晕目眩。我沿着原路往回走。在路上，我看到了他，起初只是一个影子。26. 但那不是影子，而是一名修士。从他身着的长袍来看，可能是一名方济各会修士。他戴着兜帽，大兜帽几乎完全遮住了他正在沉思的脸。为什么我说他在沉思？因为他盯着地面。27. 他从哪里来？他是怎么来的这里？我毫无头绪。也许他刚为一个垂死之人举行了临终的涂油礼，也许他刚刚救助了生病的孩子，也许他刚为一个穷困的人提供了朴素的饭菜。事实上，他走路时没有发出任何声音。有一瞬间，我以为那是一个幽灵。不过我很快明白，是大雪掩盖了所有脚步声，甚至包括我自己的脚步声。28. 他赤着脚。这一发现如闪电一般击中了我。我们一起从摩尔人山走下来。经过圣巴巴拉教堂时，我看见他在胸前画十字。他纯净无比的脚印在雪地里闪闪发光，如同来自上帝的讯息。我开始流泪。我很想跪下亲吻那些水晶般的脚印，这是我等待已久的答案，但我没这样做，因为担心他会在某条小巷里从我视线中消失。我们离开了城中心，穿过马约尔广场，又过了一座桥。修士走得很稳，迈着不疾不徐的步子，假如教堂能走路，也应该是像他这样。29. 我们沿着种满梧桐树的桑胡尔霍大道一直走到车站。车站里非常暖和。修士先是去了趟厕所，然后买了火车票。然而当他离开时，我注意到他已经穿上了鞋子。他的脚踝细如芦苇。我看着他走到站台上，低头坐在那里，一边等待一边祈祷。我躲在一根柱子后，冻得瑟瑟发抖。火车到达时，修士以惊人的敏捷跳上了车厢。30. 我独自离开车站，试图在雪地里寻找他的脚印——他赤足的脚印，但没有找到任何踪迹。

II. 巧合

1. 我问他觉得我多大了。他说六十岁，尽管他知道我还没到那个年纪。我看上去有那么糟糕吗？我问他。还要更糟糕，他说。难道你觉得你比我强吗？我反问他，要是这样的话，你为什么在发抖？你冷吗？还是你疯了？你为什么老提达米安·瓦莱局长？他还是警察局局长吗？他没变吗？老人说有些事情已经发生了变化，但瓦莱依旧是一个危险的混蛋。他还是警察局局长吗？不是，但仿佛他还在任，他说，只要他想伤害你，就能伤害你，不管他是退休了，还是躺在医院里要死了。我思考了几分钟后问他：那你为什么发抖？我冷，而且我牙疼。他在撒谎。别再跟我提堂达米安了，我对他说，难道我是那个条子的朋友吗？难道我会和刽子手混在一起吗？不是这样，他说。好吧，那就别再跟我谈论他了。2. 他沉思了一会儿。我不知道他在想什么。然后他给了我一块硬面包皮。我跟他说如果他吃的都是这么硬的东西，也难怪会牙疼。我告诉他：我们在疯人院吃得更好，这说明了很多问题。维森特，你快走吧，老人对我说，没人知道你在这里吧？那么，恭喜！在他们发现之前离开，不要和任何人打招呼，不要将目光从地上移开，尽快离开。3. 但我并没有立即离开。我跪坐在老人面前，努力回忆那些美好的时光。可我的脑子一片空白。我觉得脑子里有什么东西在燃烧。老人在我身边，他裹紧毯子，下巴一动一动，仿佛在咀嚼东西，尽管他嘴里什么也没有。我记起在疯人院的那些年——注射、高压水枪，还有晚上他们用来绑人的绳子。我的眼前再次浮现出那些用滑轮装置立起来的奇怪的床，当年疯人院的人称其为美国床，直到五年后我才知晓它们的用途。4. 习惯躺着睡的人可以站着睡吗？可以。一开始很难，但如果绑得对就可以。美国床就是用来做这个的，人在上面可以横着睡，也可以竖着睡。美国床的作用并不像我第一次看到时所想象的那样，不是为了惩罚病人，而是为了防止他们因为吸入自己的呕吐物而窒息。5. 当然，也有病人会跟美国床说话。他们以"您"称呼美国床，把私事讲给它们听。还有一些病人则害怕美国床。有人说这些床对他眨眼了，还有人说床强奸了他。你被一张床插了屁眼？那你完蛋了，伙计！据说，美国床会在晚上笔挺地穿过走廊，一起去食堂聊天，它们说英语。所有美国床，不管是有人睡的还是没人睡的，都会去参加聚会。正是那些出于某种原因在聚会之夜被绑在床上的病人讲述了这些故事。6. 除此之外，疯人院里的生活十分安静。在一些禁区里你会听到尖叫声。但没有人会接近这些区域，也没有人开门或透过锁孔往里窥视。房子里很安静，花园也很安静，由两个无法外出的园丁打理，虽然他们也是疯子，但是没有其他人那么疯，你能透过松树和杨树看到的道路也是安静的。连我们的思绪都笼罩在可怕的寂静中。7. 生活——取决于你如何看待它——是令人愉悦的。有时，我们互相对视，感到被眷顾。我们是疯子，我们很天真。只有等待——当一个人在期待什么时——会破坏这种感受。这里的大多数人通过插最弱者的屁眼或允许自己被人插屁眼来结束等待。我们会说：是我干的吗？真的是我干的吗？然后我们会微笑，转而去做别的事。医生们——那些专业人士——什么都不知道，护士们和助手们也什么都不知道，只要我们不给他们制造麻烦，他们就睁一只眼闭一只眼。我们确实不止一次失去控制。人就是动物！8. 我有时也是这么想的。在我的脑海中，这个想法具象化了。我反复地思考这个问题，直到脑子一片空白。一开始，我有时会听到缆线缠绕在一起的声音。电缆或蛇。随着时间推移，这些场景渐渐远离脑海，我的大脑一片空白：没有噪声，没有图像，没有言语，没有阻挡言语的防波堤。9. 无论如何，我从来都不相信自己比其他人聪明，我从来没有高傲地炫耀过我的聪明才智。假使我上过学，我可能会成为一名律师或法官，或一种新型美国床的发明者，比疯人院里的美国床还要好！我要谦虚地承认我有口才，但不会炫耀这一点。正如我拥有语言，也拥有沉默。你就像猫一样沉默，老人这么对我说的时候，他已经上了年纪，而我当时还是个小孩。10. 我并不是在这里出生的。据老人说，我出生在萨拉戈萨，后来我的母亲出于需要搬来这里。这座城市还是那座城市，我是无所谓的。如果我不是这么穷的话，我本来可以在这里上学的。不过没关系！我学会了读书。这就足够了！哎，最好还是换个话题吧。我本来也可以在这里结婚的。我遇到了一个女人，她的名字是……我不记得了，就是个典型的女人的名字。我本来可以娶她的。后来我认识了另一个女人，她比我大，和我一样是外国人。她是从南部来的，安达卢西亚或穆尔西亚。那女人是个婊子，总是心情不好。我本来也可以和她组建家庭，拥有一个家，但我注定会有其他归宿，那个婊子也一样。11. 这座城市有时让我感到窒息，它太小了，我就像被困在一个填字游戏中。12. 大概就是在那个时候，我一点也没犹豫，开始到教堂门口乞讨。我会在上午十点来到大教堂的台阶上坐下，或是去何塞·安东尼奥街上的圣耶利米亚教堂，又或是去萨拉曼卡街上我最喜欢的圣芭芭拉教堂。有时，当我在圣芭芭拉教堂的台阶上坐下，开始一天的工作前，我甚至还会先去参加十点钟的弥撒，用尽全力祷告——默默地笑啊，笑啊，对生活感到满意，我越祷告，就笑得越开心——这就是我的本性让神性浸透其中的方式。我笑并不是因为缺乏尊重，也不是因为没有信仰，恰恰相反，那是一只颤抖着的羔羊在面对它的造物主时发出的激动的大笑。13. 接着我会去忏悔室，讲述我人生的不幸和起伏，然后领受圣餐，最后，在回到门口的台阶上之前，我会在圣芭芭拉的画像前驻足几秒。为什么她身边总是有孔雀和塔楼？一只孔雀和一座塔楼。这意味着什么？14. 一天下午，我问神父：你为什么会对这些东西感兴趣？他又用同样的问题反问我。我不知道，神父，我想是出于好奇，我回答道。他说：你知道好奇是一个坏习惯吗？我知道，神父，但我的好奇是健康的，我总是向圣芭芭拉祈祷。孩子，你做得很好，神父说，圣芭芭拉总是帮助穷人，你应该继续向她祈祷。但我想知道孔雀和塔楼的事，我说。孔雀是不朽的象征，神父告诉我，至于塔楼呢，上面有三扇窗户，你注意到了吗？上面的窗户对应着圣芭芭拉说过的话，圣人说光透过圣父、圣子和圣灵的窗户照亮了她的房子，进入了她的灵魂，你明白了吗？15. 我没上过学，神父，但我有判断力，我知道如何明辨事理，我回答道。16. 然后我就走到我乞讨的位置，那个属于我的地方，我会一直乞讨直到教堂关门。我总是在手掌上留一枚硬币，其他的硬币装在口袋里。即使别人就在我眼前吃面包、香肠和奶酪，我也会忍住饥饿。我一直在思考。我就在台阶上思考和学习。17. 就是以这种方式，我得知圣芭芭拉的父亲是一位名叫狄奥斯库罗的强大领主。因为有追求者骚扰，父亲就将她关进了一座塔楼，也就是说，把她囚禁了起来。我还知道圣芭芭拉在进入塔楼之前，从池塘或灌溉田地的水槽或农民储存雨水的水池里取了水为自己施洗。我还知道她从塔楼里逃了出来，就是那座有光线从三扇窗户射进去的塔楼，但被抓住了，并被带到法官面前。法官判处她死刑。18. 神父所教导的一切都是冰冷的。是冷的汤、冷的茶，是寒冬中无法温暖身体的毯子。19. 维森特，你快走吧，老人对我说。他的腮帮子一直在动，就好像正在吃瓜子一样。穿上不会让人注意到你的衣服，在被警察局局长发现之前离开这里，他说。20. 我把手伸进口袋，数了数里面的硬币。开始下雪了。我向老人告别，走到街上。21. 我漫无目的地走，没有预先想好的计划。我从科罗纳街看到了圣芭芭拉教堂，做了一会儿祷告。圣芭芭拉，请怜悯我吧，我说。我的左臂没有了知觉。我饿了。我想死，但不是永远。也许我只是想睡觉。我的牙齿在打战。圣芭芭拉，请怜悯你的仆人吧。22. 当她被斩首时，我的意思是，当他们砍下圣芭芭拉的头时，一道闪电从天而降，击中了刽子手。也击中了判她死刑的法官吗？也击中了把她关起来的父亲吗？闪电劈下来，紧接着是一声响雷，或者是先打雷再闪电。太棒了。我的上帝，我的上帝，我的上帝。23. 我没有再靠近，远远地看着教堂就满足了。然后我走路去一家从前卖便宜食物的酒吧，但没找到，便进了一家面包店，买了一条面包，而后翻过围墙把面包吃掉，以免被人窥探。我知道罪犯逃跑时为了自身的安全是不应该在废弃的花园或被拆毁的房屋里吃东西的。达米安·瓦莱局长告诉过我：房梁可能会砸在你身上，另外，它是私有财产，这些地方通常糟透了，蜘蛛和老鼠在里面做窝。他强调道：但不管怎么样，它仍然是私有财产，一根房梁随时可能砸在你的头上，打碎你不凡的头骨。24. 吃完面包，我翻过墙又回到了街上。突然，我感到悲伤。不知道是因为下雪了，还是别的什么。最近吃东西总会让我心情低落。有时我本来并不悲伤，但吃完东西，坐在地上，看着雪花落在废弃的花园里，也不知道为什么，我感到沮丧和痛苦。于是我拍了拍腿，站起来继续走。街道开始变得空空荡荡。我盯着商店的橱窗看了一阵子，但只是假装在看。我其实是在玻璃里、在那些大窗户里找寻自己的样子。然后就没有窗户了，只剩下台阶。我低下头，开始往上爬。然后出现了一条街。然后是康塞普西翁教区。然后是圣贝尔纳多教堂。然后是城墙和城墙外面的堡垒。路上一个人影都没见到。我来到摩尔人山上，想起了老人的话：快走，快走，别再被抓住了，你这个倒霉鬼。我所有的恶行啊。圣芭芭拉，请怜悯我，怜悯你可怜的孩子吧。我记得那些巷子的某处曾住着一个女人。我决定去拜访她，向她要一碗汤、一件她不穿的旧毛衣和一点买火车票的钱。她住在哪里呢？我钻进越来越窄的小巷，看到了一扇门。我敲了敲门，没有人来开。我便推门进去了，来到一个庭院。有人忘了收衣服，雪花飘落在泛黄的衣服上。我穿过那些衬衫和内裤，来到一扇门前，门上有一个看起来像拳头的青铜门环。我摸了摸门环，但没有敲门就直接进去。外面的天很快就黑了。我的脑子一片空白。雪花纷纷扬扬地飘着。我继续往前走。我不记得那条走廊什么样，也记不起那个女人的名字，她是个婊子，但心地善良，她也做坏事，尽管那让她感到痛苦。我不记得这片黑暗和没有窗户的塔楼。不过我看到了一扇门，于是偷偷溜了进去。这是间粮食仓库，麻袋堆到了天花板。角落里有一张床，一个孩子躺在床上。他赤身裸体，浑身发抖。我从口袋里掏出折刀。一名修士坐在桌旁。兜帽遮住了他的脸，他低着头，全神贯注地读着一本弥撒书。男孩为何赤身裸体？这里难道连一条毯子都没有吗？为什么修士在读弥撒书而不是跪下来请求宽恕？所有的事都会在某个时刻突然变糟。修士看着我，说了些什么，我回答了他。别靠近我，我说。接着我用折刀刺伤了他。我们两个都发出了痛苦的呻吟，直到他一动不动为止。但我必须确保他死了，所以又捅了一刀。然后我把孩子也杀了。快点啊，看在上帝的分上！我坐在床上颤抖了一会儿。够了，必须离开了。我的衣服沾满血污。我掏了掏修士的口袋，找到了钱。桌子上有一些红薯。我吃了一个，又香又甜。我一边吃红薯一边打开衣柜，里面有几袋洋葱和土豆。衣架上挂着一件干净的修士袍。我把衣服脱光，真冷啊！检查完每个口袋后，为了不留下任何罪证，我把自己的衣服和鞋子放进袋子里，再把袋子绑在腰上。去你的，达米安·瓦莱。那一刻我才意识到房间里到处是我的脚印，因为我的脚底全是血。可是我没有停下来，而是蹑着步仔细观察了一会儿，突然我很想大笑。这些脚印像舞步一样。它们是圣维托的脚印。脚印无处可去，但我知道我该去哪里。25. 除了雪，一切都是暗的。我开始下山。26. 天气很冷。我赤着脚行走，脚陷在雪里，每走一步，皮肤上都会渗出血来。走出几米后，我发现有人在跟踪我。是警察吗？我不在乎。他们统治着这片土地，但就在那时，当我走过发光的雪地时，我知道我才是老大。27. 我离开了摩尔人山，地上的积雪更深了。我走过一座桥。我一直低着头，眼角的余光瞥见一座骑士雕像的影子。跟着我的是一个又胖又丑的少年。可我又是谁呢？这根本不重要。28. 我一边前行一边和我所见到的一切告别，这令我感伤。为了让身子暖和起来，我加快了脚步。我过桥时仿佛是在穿越时光隧道。29. 我本可以杀了那个孩子，逼他跟我进一条小巷，用刀捅他直到把他弄死。但这么做又是为了什么呢？他很可能是摩尔人山上某个妓女的儿子，不会说出去的。30. 在车站的厕所里，我把旧鞋子擦干净，淋上水，擦掉了血迹。我的双脚已麻木了。双脚啊，你们快醒过来吧！然后我买了下一趟列车的票，随便去哪里，我不关心目的地。

2001—2002

耗子警察

献给罗伯特·阿穆蒂奥和克里斯·安德鲁斯

　　我叫何塞，认识我的都叫我佩佩，不过有些跟我不太熟或交往不密切的人叫我条子佩佩。佩佩是个亲切的小名，不失礼貌，既不抬高也不贬低，表达带着亲近感的尊重——如果可以称之为尊重的话——而不是有距离感的尊重。至于另一个名字，那个别名、尾巴或说驼背，我之所以乐意背负着它，而且并不会感到被冒犯，某种程度上是因为从来没有谁，至少是几乎从来没有谁，当着我的面这么叫我。"条子佩佩"这个名字，就像是将亲昵与恐惧、欲望与羞辱随意地混入一个黑暗的袋子里。条子这个词是怎么来的呢？"条"是鞭条的"条"，意味着可以拿着鞭条专横跋扈，为所欲为，而不必为自己的行为向谁负责，总之就是免受惩罚。条子是什么？在我们这里，条子就是警察的意思。他们叫我条子佩佩，正因为我是警察。当警察和从事其他职业没什么两样，但很少有人愿意做。要是我刚入行时就知道现在知道的事，我也不会做这份工作。是什么驱使我当上警察的呢？我曾多次问自己，尤其是在最近，但我找不到一个能说服自己的答案。

大概是我年轻时比其他人愚蠢。或许是由于爱情失意（但我不记得当时爱上过什么人），又或许是因为宿命，我知道自己和别人不一样，所以我要找一份孤独的工作，一份能让我长时间处于绝对孤独的工作，同时要具有一定的实用价值，不至于成为同胞们的负担。

确切地说，当时需要一名警察，我便报名了，长官们见了我后立马把工作给了我。他们中至少有一个，也或许是所有人，事先知道我是女歌手约瑟芬[1]的侄子，虽然他们小心翼翼地不让这件事传出去。我的兄弟和堂兄弟们，也就是她其他的侄子，没有一个出色的，但他们很幸福。我也同样以我的方式幸福着，不过我与约瑟芬的血脉亲缘显而易见，我可不是白白拥有这个姓氏的。也许正因如此，长官们才决定给我这份工作，又或许因为我是第一天唯一来应聘的，也许他们以为不会再

---

[1] 指卡夫卡的短篇小说《女歌手约瑟芬或耗子民族》中的主人公约瑟芬。

有别的应聘者出现，担心如果让我等着我会改变主意。事实上，我也不知道究竟是因为什么。总之我当上了警察，从第一天开始我就在下水道里游荡，有时在有水流经过的主管道，有时在支道，就是我的同胞们日夜不息地挖掘出的隧道，有的隧道通向食物来源，有的仅仅是用来逃生，还有的和迷宫相连，这些迷宫乍看毫无存在的意义，但不可否认它们是我们民族赖以生存和活动的空间的一部分。

有时候，既是出于工作职责，也是由于无聊，我会离开主管道和支道，深入那些死寂的废弃下水道，只有我们的探险者和商人在其中活动，大多数情况下，他们单独进入这片区域，不过偶尔也会带上家人，让乖顺的子女们陪在身边。除了可怖的声响，这里往往什么都没有，不过，当我小心翼翼地在这些荒凉地带行走时，偶尔会撞见探险者或商人和他们的孩子的尸体。我刚开始没什么经验，被此类"相遇"吓得不轻，搅得心神不宁，仿佛我不再是我自己。我会把被害者的尸体从废弃下水道带回治安前哨站——那里总是空无一人，用自己的办法尽可能确定死亡原因，接着我会去找法医，要是他心情好的话，会穿戴整齐或换身衣服，提着他的小箱子跟我一起去前哨站。然后我会离开，让他和尸体单独待在一起。一般说来，我们警察在找到尸体后，不会再回到犯罪现场，而是徒劳地试图混入同胞中间，跟他们一起工作，和他们一起聊天，但我和他们不一样，我不介意重新侦查犯罪现场，寻找可能被遗漏的蛛丝马迹，回溯可怜的被害者走过的路线，循着气味，当然，是非常小心地，朝他们逃跑的方向前进。

我一般在几小时后回到前哨站，法医会在墙上留下便条。死亡原因：割喉、失血致死、双腿撕裂、颈部骨折。我的同胞们从来不会放弃抵抗举手投降，总是挣扎到只剩最后一口气。罪犯通常是在下水道迷路的肉食动物，比如一条蛇，有时甚至是瞎眼的鳄鱼。追踪他们毫无意义，也许不久后他们就会饿死。

休息的时候我会去找其他警察。我认识一位老警察，工作和岁月让他变得干枯瘦弱，他从前认识我的姑妈，喜欢跟她聊天。没人了解约瑟芬，他说，但大家都喜欢她，或假装喜欢她，她是幸福的，或假装幸福。这些话和老警察说的其他话一样，在我听来像中文一样难懂。我从未理解过音乐，这是我们民族不怎么从事的艺术形式，或说我们极少从事。实际上，正因为我们不搞任何艺术，所以也几乎不能理解任何艺术。比方说，有时候会出现一只会画画的耗子，或者会写诗也喜欢朗诵诗的耗子。一般说来，我们不会嘲笑他们。相反，我们会怜悯他们，因为知道他们注定孤独一生。为什么呢？因为在我们族群中，创造和欣赏艺术作品是大家无法从事的活动，例外者、特立独行者极少，假如出现了一位诗人或朗诵者，那么很可能要到下一辈才会再出现另一位诗人或朗诵者，因此这位诗人永远也遇不上那个唯一可能欣赏他作品的同胞。不过，这并不意味着我们不会在日常奔波中驻足聆听这位诗人的朗诵，甚至为他鼓掌，或是鼓动大伙让他可以不事生产，专心写诗。相反，尽管能力有限，我们仍尽己所能，努力给特立独行的耗子创造出被理解和被关怀的幻象。毕竟我们也知道，每个个体都需要情感支持。虽然长期来看，这就像纸牌屋，所有幻象最终都会坍塌。我们生活在集体中，这个集体仅仅靠日常劳作来维系，它需要每位成员为某个超越个体私欲的目标不间断地工作，但这正是保证我们作为个体而存在的唯一法则。

在我们曾拥有的所有艺术家中，或者至少在那些作为枯瘦的问号残存于我们记忆里的艺术家中，最伟大的一位，毫无疑问就是我的姑妈约瑟芬。她之所以伟大，是因为她对我们要求极高；她之所以伟大到不可估量，是因为我们民族的成员都同意或假装同意了她的各种突发奇想。

老警察喜欢谈论她，但我很快发现，他的回忆像卷烟纸一样薄。有时候他说约瑟芬又胖又霸道，和她打交道需要极大的耐心，甚至是某种程度上的牺牲，这两种美德在多个层面相互关联，而且在我们民族中并不罕见。然而有时候他又说约瑟芬像一道影子，当时他作为刚刚进入警察局的年轻辈，只能隐约瞥见一道颤动的影子，伴随着奇怪的尖叫声，我敢说，这些声音构成的全部曲目，成功地让前排听众陷入了巨大的悲伤。如今没有人记得那些听众是谁，而他们是唯一一触碰到我姑妈的音乐艺术的耗子。那到底是什么？可能他们自己也不知道。某种无法定义的东西，任何东西，一片虚无的湖泊。也许类似于进食的欲望、做爱的需求或偶尔袭来的睡意，毕竟，总是不停工作的家伙时不时还是需要睡眠的，尤其是在冬天，当气温下降，就像大家说的，当地上世界的叶子从树上落下，我们冻僵的身体便会渴望和同胞们一起取暖的角落，一处被我们的皮毛温暖过的地洞，常规的举动发出声响，那是来自我们夜间生活的既不高贵也不粗鄙的声响，我们仅仅是出于现实因素称那是夜间生活。

警察工作中最大的困难是忍受困意和寒冷。我们通常独自睡觉，随机遇到一个地洞就钻进去睡了，有时是在从未踏足过的地界。当然，只要有可能，我们就会想办法避免这么做，有时候我们蜷缩在只有警察的洞里，一个叠着一个，安安静静，眼睛闭着，但耳朵和鼻子保持警觉。不过也只是偶尔如此，这样的机会并非常有。还有些时候，我们钻进那些因为各种原因住在边境线上的耗子家里，钻进他们的卧室。因为没有别的选择，他们很自然地接受了我们。有时我们会和他们道晚安，接着就进入温暖的梦乡，以此恢复体力。有时我们只要小声嘟囔自己的名字，他们就知道我们是谁了，也知道无须因我们的到来而感到害怕。他们待我们挺好的，不会大惊小怪，虽然也并非表现得十分乐意，但不至于把我们赶出去。有时某个困得迷迷糊糊的家伙会叫我"条子佩佩"，我会回答：是的，是我，晚安。几个小时后，大家还在睡梦中，而我已经起床回去上班了，警察的活儿是干不完的，我们的睡眠时间必须适应持续不断的工作需求。在下水道里巡逻是一项需要高度集中注意力的任务。一般我们谁也见不着，谁也遇不上。我们会在主管道和支道转完一圈，再深入那些由同胞们开凿的、现在已经被弃用的隧道，可能走完全程都碰不上一个活物。

我们确实能察觉到一些暗影、类似东西掉进水里的响动，还有远处的尖叫声。刚开始工作时，这些动静会让一个年轻警察时时刻刻提心吊胆。不过时间久了就习惯了，尽管我们仍试图保持警觉，但由于已不再害怕，或说我们已经将恐惧纳入日常生活，恐惧就相当于消失了，于是有的警察甚至能在废弃的下水道里入睡。我不认识这么做的同事，但老警察们总是讲起曾经有警察只要困了就直接倒在某条废弃下水道里睡觉。他们讲的有多少是真事，多少是胡说？我不知道。至少现在没有一个警察敢在那种地方睡觉。下水道之所以被废弃，肯定是有原因的。挖掘隧道时，要是碰到废弃下水道，他们就会把隧道封住。据说那里残留的水几乎不流动，散发着令人难以忍受的腐败气味。可以确定的是，我们的同胞只会在需要从一个区域逃到另一个区域时，使用废弃下水道。最快的进入方式是游过去，但在那种地方附近游泳意味着要面临超出我们承受能力的风险。

我的调查就是从废弃下水道开始的。有一群同胞曾作为先遣队在边境线以外一点的地方繁衍生息，随着时间推移，他们已经逐渐定居下来。他们找到我，告诉我有位老人家的女儿失踪了，他们那里一半同胞继续干活，另一半则专心寻找名叫埃莉莎的年轻女孩的下落。据她的家人和朋友说，埃莉莎很漂亮，也很强壮，她有一种灵活的智慧。我不明白灵活的智慧指什么，我想大概与快乐有关，但应该指的不是好奇心。那天，我本就有些疲惫，在她的一个亲戚的陪同下侦查了他们所生活的区域后，我推测可怜的埃莉莎应该是被新定居点附近流窜的捕食者杀害了。我试图寻找捕食者的踪迹，最终找到的所有线索表明，在我们的先遣队抵达前，已经有其他生物到过这里。

终于，我发现了一处新鲜血迹，便让埃莉莎的家人先回洞里去，我独自继续侦查。这道血迹有个特别之处引起了我的注意：血迹沿着下水道一边逐渐消失，却又在几米外再次出现（有时甚至是好几米外），也就是说，血迹一直在下水道的同一边重复出现，而不是在下水道的另一边，这是预料之外的。如果他当时不打算游到另一边，为什么要多次潜入水中呢？而且血迹几乎已无法被察觉，这说明不管捕食者是什么动物，其采取的防范措施初看是有些夸张的。很快，我来到了一条废弃的下水道。

我跳进水里，朝堤坝游去，这堤坝是由腐烂的垃圾经年累月堆积起来的。我游到那里，爬上布满垃圾的"海滩"。再往前，可以看到水面上方下水道口顶端的粗铁栅。有那么一瞬间，我担心捕食者就潜伏在某个角落，正在享用不幸的埃莉莎的尸体，但周围没有任何声响，于是我继续前进。

几分钟后，在下水道里为数不多的相对干燥的地方，在一些纸箱子和食品罐头边上，我发现了被遗弃的埃莉莎的尸体。

埃莉莎的脖子被撕烂了。除此之外，我找不到别的伤口。在罐头旁边，我又发现一只幼崽的尸骸，应该已经死了至少一个月了。可是我在周边遍寻不到任何捕食者的踪迹。小耗子尸骨完整。可怜的埃莉莎身上唯一的伤口便是那道致命伤。我开始推测，也许并不是捕食者干的。我把她背了起来，昂起头叼着幼崽的尸体，确保我锋利的牙齿不会伤到他的皮肤，就这样离开了废弃的下水道，回到前哨地带的洞穴中。埃莉莎的妈妈高大壮实，属于我们同胞里可以和猫面对面较量的那一类，但她在看到女儿的尸首时，还是一下子哭了出来，长久的啜泣让她的同伴们感到有些不好意思。我给他们看了幼崽的尸体，问他们认不认识。但是没有人知道这个孩子，他们说这里并没有孩子失踪。我说应该把两具尸体都带到警察局，问他们能不能帮我。埃莉莎的妈妈便扛起她的女儿，我抱起幼崽。我们走后先遣队继续工作，挖凿隧道、寻找食物。

这一次，我亲自去找了法医，直到他检查完两具尸体后我才离开。埃莉莎的妈妈在我们旁边睡着了，时不时讲出模糊不清、前后不连贯的梦话。三小时后，法医已经有了确定的答案，正如我所料，是我害怕听到的结果：幼崽死于饥饿，埃莉莎死于脖子上的撕裂伤。我问他会不会是被蛇咬的。我觉得不是，除非出现了新的品种，法医说。我又问他有没有可能是某条瞎眼鳄鱼干的。不可能，他说，倒有可能是黄鼠狼，最近下水道里常有黄鼠狼出没。被吓死的那种，我说。没错，法医说，他们大多死于饥饿，他们迷了路，被淹死了，然后被鳄鱼吃掉，忘了这些黄鼠狼吧。我问他埃莉莎是否和凶手搏斗过。法医久久地注视着埃莉莎的尸体，然后回答：没有。我也是这么想的，我说。谈话间进来了另一名警察。他巡逻时遇到的情况和我正相反，无事发生。我们叫醒了埃莉莎的妈妈。法医和我们告别。都结束了吗？她问。都结束了，我说。她感谢了我们后便离开了。我让同事帮我一起处理埃莉莎的尸体。

我们俩把尸体带到一个水流湍急的地方，扔了进去。你为什么不把幼崽的尸体也处理了？同事问我。我也不知道，我回答他，我想再研究研究，也许漏了什么线索。然后我们各自回到自己的区域，我向每只路过的耗子询问：你知道有哪家丢了孩子吗？得到的回答不尽相同，我们的族群一贯是父母亲自照管孩子的，说到底，他们所讲的也都是道听途说。我又巡逻到了边境。先遣队正在开凿隧道，埃莉莎的妈妈也在其中，她身形壮硕，勉强挤进缝隙里，但这不妨碍她的牙齿和爪子让她成为挖掘好手。

于是我决定回到废弃的下水道，尝试找出我错过的线索，任何暴力的迹象或生命的征兆，然而一无所获。

很显然，幼崽不是自己爬到那里的。我又试图寻找残留的食物、干掉的粪便或者洞穴，依旧是徒劳。

突然，一阵拍打水面的微弱声响传来，我躲了起来，接着便看到一条白蛇浮出水面。白蛇身形庞大，大约有一米长。我见他在水中上下沉浮了几次，最后谨慎地离开了水面，在岸边匍匐前进，发出类似煤气管道漏气的嘶嘶声。对我们族群来说，蛇就像煤气一样致命。他靠近我的藏身之处，但从他所在的位置几乎无法直接攻击我，按理说这对我有利，这样我就有时间逃跑了（可一旦进入水中，我将毫无还手之力，很快就会被捕获），或者我可以利用这个机会咬住他的脖子。只是蛇似乎并没有看到我就离开了，因此我知道他一定是瞎眼的。他的祖先应该是那一类蛇，人类厌倦了他们，就把他们扔进了抽水马桶。想到这里，我有一瞬间动了恻隐之心。而实际上，我以另一种方式间接地庆祝了自己的好运：想象他的父母或曾祖父母从错综复杂的排水管道中滑落下来，想象他们在漆黑的下水道中茫然无措、等着受苦受难、注定死亡的样子，想象他们中的幸存者要适应惨绝的饥饿，想尽办法苟延生命，想象他们在漫长、看不见尽头的冬日里休眠，慢慢死去。

恐惧似乎唤醒了想象力。蛇离开后，我又从头到尾将废弃下水道搜查了一圈，但没找到任何反常的事物。

转天，我又和法医聊了聊，我让他再看一看幼崽的尸体。一开始，他看我的眼神就像我发疯了似的。你还没把尸体扔掉？他问我。还没有，我回答，我想让你再帮我检查一次。他最终答应了，平常只要没有太多的工作，他就会帮我看看。在日常巡逻和等待法医的最终报告期间，我一直在寻找一个月内丢了孩子的家庭。可惜我同胞们的工作性质十分特殊，尤其是那些住在边境线上的，工作迫使他们经常迁徙，也许死亡幼崽的母亲此时正在某处忙着修隧道，或者正在几公里之外寻找食物。不出所料，我无法靠侦查获得任何有用的线索。

回到警察局，我看到除了法医留下的字条，还有一张来自我的直属上司的字条。上司问我为什么还没处理掉幼崽的尸体。法医则重申了他最初的结论：尸体上没有任何伤口，死亡原因是饥饿，也可能是冻死的。幼崽在严酷的环境中很难存活。我沉思许久。和其他所有幼崽一样，他在那种环境下一定会使劲哭喊到声嘶力竭。那哭喊声怎么没吸引来任何捕食者呢？凶手一定是先绑架了他，带他深入荒凉偏僻的管道，最后才进入废弃的下水道。他在那里让幼崽安静下来，等待幼崽死亡，自然死亡。同一个凶手，先绑架幼崽，再杀害埃莉莎，这是可能的吗？我想这完全可能。

我突然想到一个问题还没解决，便起身去找法医。

我在路上碰到一群顽皮活泼的耗子，只沉浸在自己的世界里，没心没肺的样子。他们朝着不同方向快速前进，有几只热情地和我打招呼，其中一个喊道：瞧啊！那是条子佩佩！而我只觉得汗水浸湿了全身，仿佛刚从废弃下水道的死水中爬上岸。

我找到法医的时候，他正和五六只耗子一起睡觉，从疲劳程度来看，他们应该都是医生，至少也是医学生。我把他叫醒，他却仿佛不认识我一样。他是饿了几天后死的？我问他。何塞，是你吗？法医喊了我的大名，你想知道什么？一只幼崽不吃饭能活几天？我们边聊边走出了洞穴。我可不想在这种时候当病理学家，法医抱怨道。他思考了一会儿说：这取决于幼崽的体质，一般顶多能撑两天，但一只壮实的、营养充足的幼崽也许能扛过五到六天。在不喝水的情况下呢？我问他。那就更短一些，他说，我不知道你到底想了解到什么程度。他到底是死于饥饿还是缺水？死于饥饿。你确定吗？我追问道。就这个案子来说，基本可以确定，法医回答。

回到警察局后，我开始思考：幼崽是在一个月前被绑架的，大约三四天后死亡。这段时间里，他一定在不停地哭喊，却没有任何捕食者被哭喊声吸引过去。我再一次回到废弃的下水道，这次我明确了自己要寻找什么，也很快就找到了——一个用来堵住嘴巴的东西。也就是说，在幼崽垂死挣扎的那段时间里，他的嘴巴是完全被堵住的？不对，事实上并不是一直被堵住，凶手会时不时拿走堵嘴的布，给他喂水，或者也可能并没有拿开，而是用水蘸湿抹布。我拾起抹布剩下的部分，离开了废弃的下水道。

法医在警察局里等着我。佩佩，你找到了什么？他一看到我就问。一块塞口布，我一边回答一边把脏抹布递给他。法医没有碰抹布，而是在观察了几秒钟后问我：幼崽的尸体还在这儿吗？我点头。处理掉吧，他说，大家已经在对你的行为评头论足了。谈论还是质疑？我问他。两者没有区别，他说完便告辞了。我没什么工作兴致，但还是尽力打起精神，出了警察局。巡逻中，除了一直以来不断伴随着我们民族的各项活动而发生的寻常（却残酷）意外，并没有其他异常事件。回到警察局后，我又花了几个小时把幼崽的尸体处理掉，这使我筋疲力尽。接下来几天，我的调查没有新的进展。发生了几起事故、捕食者攻击案件、旧隧道塌方，以及投毒事件，在我们成功平息事态前，一些同胞不幸被毒死了。我们的生活面临着无穷无尽的陷阱，我们民族的历史由规避这些陷阱的各种方式组成，由常规与毅力组成。我每天寻回尸体、登记案件，如此重复着平静的日子。直到有一天我发现了两具年轻耗子的尸体，一男一女。

最初，我是在隧道里巡逻时听闻失踪案的。他们的父母并不担心，认为孩子们也许是因为决定同居，所以换了个住处。本来我也没有非常重视这起失踪案，不过在准备离开的时候，失踪者的一个共同好友告诉我，不管是埃乌斯塔奎奥还是玛丽莎——这是他们的名字——都没有表达过要同居的想法。他们只是好朋友，很好的朋友，尤其是埃乌斯塔奎奥这家伙挺特别的，他说。我问他是怎么个特别法。他创作并朗诵诗歌，这位朋友说，明显不是工作的料。那玛丽莎呢？我又问。她倒是没有。没有什么？她没有什么特别的地方，他回答。另一个警察明显对这类信息不感兴趣，而我本能地认为它们有用。我又问了这里的洞穴附近是否有废弃的下水道。他们说最近的废弃下水道在几公里外，而且是在我们下面那层。我便朝那个方向出发了，在路上，我碰见一位老人带着一群孩子，老人正在和他们讲黄鼠狼有多危险。我们互相问了好。老人是教师，正带着孩子们出游。孩子们目前还无法胜任什么工作，但很快就能开始干活了。我问他们一路上是否有遇见不寻常的事。一切都不正常！老人对我喊道。而此时我们已经分别朝两个方向前进了。怪异即常态，发烧即健康，毒药即食物！

说完他突然开心地大笑起来，直到我进入另一条管道，他的笑声仍萦绕在耳边。

过了一会儿，我来到了废弃的下水道，死水一潭的地方看起来都差不多，但我能分辨出自己是否曾到过那里，猜错的概率很小。这条下水道我没来过。我观察了一会儿，确认并没有不通过游泳就可以进入的方式，于是跳进水中，向废弃的下水道游去，我看见一座垃圾堆成的小岛，一阵阵波浪从那里涌出。我害怕从什么地方冒出来一条蛇（显然我的担忧不无道理），因此全速朝着垃圾岛前进。小岛的地面软塌塌的，走着走着我的膝盖逐渐陷入发白的污泥中。这儿闻起来和其他废弃的下水道一样：并不是腐败的味道，而是其本质，是腐烂之内核的气味。我慢慢地在岛屿间移动。有时我感到好像有什么东西在拉扯我的脚，但那只不过是垃圾。在最后一个小岛上我发现了那两具尸体。埃乌斯塔奎奥仅仅是脖子上有一处伤口，而玛丽莎身上则明显有反抗的痕迹，她的皮肤布满咬痕。我在她的牙齿和爪子上都找到了血迹，可以推断出凶手一定也受了伤。我尽全力把两具尸体搬出来，先移动一个，再移动另一个，就这样把他们都带出了废弃的下水道。我试图将尸体运到最近的居民点：先把一个拖出五十米远，留在那里，再回头把另一个也拖到相同的地点。其中一趟，当回头拖玛丽莎的尸体时，我看到一条白蛇从水里钻出，靠近玛丽莎。我停了下来，一动不动。白蛇在尸体周围转了几圈，然后咬碎了尸体。还没等它开始狼吞虎咽，我转身就跑，一直跑到埃乌斯塔奎奥的尸体旁。我很想大叫，但连一点微弱的哀鸣都发不出。

自那天起，我的巡逻路线变得越来越全面。警察的例行公事——常规的边境巡逻及解决任何稍微有点常识的人就能解决的问题——已经无法满足我了。接下来的每一天，我探访最偏远的洞穴，和居民们谈论最无关紧要的小事。我认识了一群定居在我们中间的鼹鼠，他们从事着最底层的工作，还认识了一只年长的白鼠，他已经老到记不清自己的年纪。他年轻时被接种了某种传染病的病毒，随后和其他失去自由的白鼠一起，被投入了下水道，这么做的目的是杀死我们整个族群。几乎动弹不得的老白鼠说：很多白鼠都死了，但当黑鼠和白鼠相遇后，我们像疯了一样交媾（仿佛只有濒临死亡时才能做爱），最后不仅黑鼠产生了免疫力，还诞生了一个新的物种——棕鼠，他们对所有传染病免疫，还能抵御任何一种外来病毒。

我挺喜欢那只老白鼠的，他自称出生于某个地上世界的实验室。实验室里的光线刺眼到连地上世界的居民们都不喜欢，佩佩，你去过下水道口吗？他问我。嗯，去过，我回答。那你有没有见过所有下水道都通向的那条河流，那些芦苇和近乎白色的沙子？见过，只在夜里见过，我说。那你也看见过月亮在河面上闪着微光？没有，我没怎么注意到月亮。那有什么东西引起了你的注意吗，佩佩？狗叫声，一群住在河岸上的猎狗，月亮，我确实也注意到了，但我无法真正欣赏月色。月亮真美，老白鼠说，要是有人问我愿意住在哪里，我会不假思索地回答，住在月亮上。

　　和某位月亮上的居民一样，我每天游走于下水道和地下排水沟之中。一段时间后，我又发现了新的受害者。和之前的案子一样，凶手把尸体弃置在一条废弃的下水道里。我拖着尸体，到了警察局。晚上，我又去找了法医。我指出，死者颈部的撕裂伤和其他受害者的类似。可能是巧合，他说。我又指出，死者都没有被吃掉。法医检查了尸体。我拜托他：麻烦你检查一下伤口，告诉我哪种牙齿能制造出这么大的裂口。任何一种牙齿，任何一种，法医说。不，不可能是任何一种，我说，你再仔细检查检查。你想从我这里听到什么？法医问。真相，我回答。那你觉得真相是什么？我认为这些伤口来自耗子，我对他说。法医又看了眼尸体，说：但是耗子不杀耗子。这些耗子会，我说。接着我就去工作了。等我再次回到警察局，法医和局长在那里等着我。

局长没跟我绕弯子，直接问我是怎么得出这么荒谬的结论的——一只耗子是系列凶案的始作俑者。他想知道我是否还和别人说起过我的怀疑并警告我不要这么做。停止幻想，佩佩，他说，好好干你该干的工作，现实生活已经够复杂了，再往上添加虚幻的元素，注定只会把它彻底扰乱。我困得不行了，我问他所说的"扰乱"[1]一词是什么意思。我的意思是，局长说到这里转头看着法医，似乎在寻求他的同意，同时也让自己接下来的语气听上去更加深沉而温和，生命，尤其是短暂的生命，正如我们不幸的生命一样，必须努力追求秩序，而不是无序，更不应该追逐想象中的无序。法医严肃地看着我，点了点头。我也点了点头。

尽管如此，我依旧保持警觉。凶手仿佛消失了一段时间。我每次只要巡逻到边境，来到新的定居点，总是习惯性问起有关第一个受害者的事，就是那只死于饥饿的幼崽。终于，有个年长的探险者提到一位丢了孩子的母亲：他们以为孩子掉进水里了，或是被捕食者掠走了；另外，那群耗子里成年的很少，但幼崽很多，所以当时孩子丢了后他们也没怎么找过，他们没过多久就迁

---

[1] 此处原文为 dislocar，既有"使某物错位、脱臼"又有"扰乱、使混乱"的意思。

去了下水道的北部，在靠近一口大井的地方住下，之后探险者就再也没见过他们了。我把所有的空闲时间都用来寻找这群耗子，当然，现在幼崽们应该都长大了，他们的规模应该更加庞大了，也许当时那只幼崽的消失早已被遗忘。但是如果我有足够的运气找到幼崽的母亲，她还是能给我一些线索的。在此期间，凶手依旧四处活动。一天夜里，我在停尸房又见到一具尸体，咽喉部呈现清晰的撕裂伤，和凶手一贯使用的加害手段如出一辙。我和发现尸体的警察聊了聊，我问他是否认为这是捕食者所为。还能是什么别的吗？他反问道，佩佩，难道你认为这只是一场意外？确实是意外，我想，是一场永久的意外。我又问他是在哪里发现尸体的。在南部的一条废弃下水道里，他回答。我建议他密切监视那个区域的所有废弃下水道。为什么？他想知道原因。因为你总能在那里发现意想不到的东西。他像看疯子一样看着我。你应该是太累了，他说，咱们去睡吧。我们一起钻进了警察局的休息室。屋里空气温热，另一名警察在旁边打着呼噜。我们互道晚安。但是我没能睡着，在脑海里想象着凶手的行踪，他有时在北部，有时在南部，想象了几个来回后，我起床了。

我摇摇晃晃地朝北部走去，路上遇到几只在昏暗隧道里工作的耗子，他们看上去充满希望，内心坚定。有几只年轻耗子叫着：条子佩佩！条子佩佩！然后大笑起来，仿佛那是世界上最滑稽的外号，也或许他们是因为别的原因在笑。不管怎样，我没有停下脚步。

越往深处走，隧道越空旷。我只是偶尔遇上几只耗子，有时能听到远处传来其他隧道里忙碌劳作的声响，或是隐约瞥见几道影子围在一些东西周围踱步，可能是食物，也可能是毒药。过了一会儿，噪声消失了，只能听到我自己的心跳，当然还有我们的生活里永不停歇的滴水声。终于，我找到了那口大井，井口周围氤氲着一股死亡的热气，这让我的警惕性提高到了顶点。前方是一堆残骸：两条中等大小的狗，姿势僵硬，前爪立着，尸体已经被蛆虫啃食了一半。

我在更远处发现了一直在寻找的新定居点，那里的耗子们也从狗的残骸中受益。他们生活在下水道的边界地带，面临着由此带来的所有危险，但也能充分享受到获得食物的好处，因为边界地带从来不缺少食物。他们聚集在一个小广场上，体形健硕，皮毛光亮，脸上带着常年生活在危险之中的人所特有的严肃神情。我告诉他们我是警察，他们露出了怀疑的目光。我又说我正在寻找走失孩子的父母，没得到回应，但是从他们的表情中，我能觉察到，关于幼崽身份的探查在这里就可以结束了。我描述了幼崽的样子和年龄、尸体所在的废弃下水道的方位，以及他是怎么死的。有一只耗子说那是她的孩子。其他耗子则问我：你在寻找什么？

正义，我答道，我在寻找凶手。

他们中最年长的耗子，皮肤上满是皱褶，呼吸时发出拉风箱一样的嘶嘶声，他问我是否认为凶手在他们之中。有可能，我回答。一只耗子？他表示怀疑。有可能，我重复道。幼崽的妈妈说她的孩子总是独自出去。但是靠他自己是不可能走到废弃下水道的，我说。也许是捕食者把他带走了，一只年轻耗子说。要是被捕食者带走的，他会被吃掉，然而凶手看起来是为了乐趣杀戮，而不是为了填饱肚子。

和我预料的一样，所有耗子都摇了摇头，对我的推断表示否定。这不可能，他们表示，我们同胞中没有谁能疯狂到做出这种事来。局长的话对我还是有警示作用的，我倾向于不反驳他们。我把那位母亲引到一处偏僻的地方，设法安慰她，尽管事实上，丢失孩子的痛苦在三个月后——从孩子走失到现在——已经减轻了许多。她告诉我她还有其他孩子，有一些比那个死掉的大，就算她看到他们也分辨不出谁是谁，还有一些比他还小的，也已经出去工作，能成功地自行觅食了。无论如何，我试图让她回忆孩子走失那天的情况，一开始，她记忆混乱，搞错日期，甚至分不清到底是哪个孩子。这点引起了我的警觉，我惊慌地问她是不是丢过不止一个孩子，她像安慰我似的，告诉我幼崽走丢是很正常的事，一般过几个小时他们就会自己走回洞穴，或者族群里的某个同胞听到他们的哭喊声，会把他们带回来。她自鸣得意的嘴脸让我感到有些厌恶，我告诉她：你的孩子也哭喊过，只不过凶手堵住了他的嘴。

看样子我的话并没有触动她。于是我又问起孩子走失那天的事。我们以前不住在这里，她说，住在内部管道，我们附近住着一群探险者，是他们最先定居在那里的，后来又来了另一群耗子，他们数量更多，所以我们决定搬走，毕竟在隧道里除了四处闲逛也没什么别的可做。不过，你们的孩子倒是养得很好，我指出这点。的确不缺食物，她说，但我们总是要到外面去找吃的，探险者开辟了直接通向地面的隧道后，就再也没有毒药或是陷阱能挡住我们的去路了，我们每天至少两次到地面上去，有的耗子能在外面待上好几天，在半废弃的老楼里漫游，在墙的间壁中穿梭，有的再也没回来。

我问她孩子走丢那天他们是不是也在外面。我们当时正在隧道里工作，有的在睡觉，有的可能是在外面吧，她回答。我又问她有没有注意到同伴中的异常。什么是异常？就是举止、态度和大多数同胞不一样，比如没有理由地长时间缺勤。她否认了这一点：据我所知，没有，你也知道我们耗子民族是这样的，行为方式总是在变，一切取决于具体情况，我们总能设法以最佳方式和最快的速度适应形势。不管怎样，自从孩子走失，这群耗子就出发去寻找更安全的区域了。从这只勤劳又单纯的耗子嘴里能得到的信息仅限于此了，也问不出来什么别的。我和那群耗子告别，离开了他们居住的管道。

其实我并没有回警察局。在确保没有人跟踪的情况下，我在半路上调转方向，回到了他们的洞穴附近，寻找废弃的下水道。过了一会儿，我找到了一条狭窄的废弃下水道，里面的臭味还没到令人无法忍受的程度。我从上到下仔细检查了一遍，我要寻找的家伙似乎还没有在这里活动过，也没有捕食者来过的痕迹。尽管这里潮湿到连一小块干燥的地方都找不到，我还是决定留下来。为了让待在下水道里的这段时间尽可能过得舒适些，我想办法把能找到的所有湿纸板和塑料片叠在一起，将就躺在上面。我想象着身上皮毛散发出的热量和湿气相接触，产生小小的蒸汽云，让我昏昏欲睡，又幻化成让我刀枪不入的穹顶。我正要睡着，突然听到了说话声。

很快，远处出现了两只年轻的雄性耗子，他们正在激动地谈话。其中一只我马上就认出来了：我在刚才拜访的那群耗子中见过他。另一张脸我完全没有印象，可能他当时正在工作，也可能他跟他们不住在一起。讨论十分激烈，但并没有超出同辈之间的礼节。我听不懂他们的唇枪舌剑，一方面因为他们离我还有一定距离（虽然他们正朝我的藏身之处走来，而且脚步令水溅得哗哗响），另一方面因为他们使用的词汇来自另一种语言，一种对我来说陌生的语言，一种我一听就立刻感到厌恶的虚假语言，他们所说的词语是概念或象形文字，在"自由"一词的背面蜿蜒爬行，正如火焰，像大家传言的那样，在隧道的另一头蔓延，将隧道变成灼人的火炉。

我很想悄悄溜走。但警察的本能告诉我，如果不做点什么，很快就会发生新的命案。我从纸板上一跃而起，两只耗子惊呆了。晚上好，两位，我说。我问他们是不是来自同一个地方，他们摇头。

那你先离开，我用爪子指着我不认识的那只耗子命令道。那只年轻耗子看上去很傲慢，对我提出质疑。走开！我是警察，我大喊道，我是条子佩佩！他这才看了一眼他的同伴，然后转身离开了。小心捕食者！我对他喊道，要是在废弃的下水道里被捕食者袭击，可没人能帮你。接着他的身影便消失在垃圾堆成的堤坝后。

另一只耗子甚至懒得跟他的同伴告别。他一动不动地待在我身边，等待着我们两个单独相处的那一刻，他深邃的小眼睛盯着我，我想他是在以我审视他的方式审视着我。只剩我们两个了，我对他说，我终于抓到你了。他没有应声。我问他：你叫什么名字？埃克托。他说话的声音和我听到过的成千上万种声音并没有什么不同。你为什么要杀那个孩子？我小声问道。他没有回答。有那么一瞬间，我很害怕。埃克托看起来很强壮，可能块头也比我大，而且他比我年轻，不过我可是警察，我想。

我现在要把你的嘴和爪子绑起来，将你带到警察局去，我说。他听到我的话似乎笑了一下，但我也不能确定。你看我已经够害怕的了，他说，但你比我还害怕。我不相信，我说，你一点都不害怕，你这个病态的家伙，掠食的混蛋，面目丑陋的怪胎！埃克托大笑起来。你确实是害怕了，他说，你比你的姑妈约瑟芬更害怕。你听说过约瑟芬？是的，我听说过她，谁没听说过她呢？我姑妈什么都不怕，我说，她是个可怜的疯子，可怜的梦想家，但她无所畏惧。

你错了，她怕得要死，埃克托一边说一边漫不经心地看向四周，仿佛我们周围全是鬼魂，他正在寻求他们的默许。她的听众也害怕得要死，尽管他们自己浑然不知，但约瑟芬并未彻底死去——她每天都在恐惧中死去又在恐惧中复活。话真多，我啐了一口道，你给我趴下，让我先绑住你的嘴。我一边说一边拿出准备好的绳子。埃克托哼了一声。

你一点也不明白，他说，你以为逮捕了我就能铲除罪恶吗？你以为你的长官们会和你一起主持正义吗？他们可能会私下把我撕碎，然后将残骸扔到捕食者出没的地方。你他妈的自己就是个捕食者！我说。我是一只自由的耗子，他傲慢地回答，我能在恐惧中栖居，我非常清楚我们民族未来将走向何方。他实在太自以为是，我决定不回答他。你还年轻，我对他说，或许还有得治，我们不会杀掉自己的同类。那谁来救治你呢，佩佩？他反问我，哪个医生能救治你的长官们呢？趴下！我命令他。埃克托盯着我，我松开了绳索。我们随即殊死扭打了起来。

像永恒一样漫长的十分钟过去后，他的身体倒在我旁边，脖子被咬断。我的背上全是伤口，口鼻也撕裂了，左眼几乎失明。我将尸体带回了警察局。一路上碰到的耗子不多，他们估计都以为埃克托是被捕食者杀死的。我把他的尸体放在停尸房，然后去找法医。一切都解决了，这是我能说清楚的第一句话。然后我瘫倒在地，等待法医检查。法医查看了我的伤口，帮我缝合了口鼻和眼皮。我找到凶手了，我说，我逮捕了他，然后我们打了起来。法医说他要联系一下局长。他打了个响舌，从暗处走出一个骨瘦如柴、睡眼蒙眬的小伙子。我猜他是名医学生。法医吩咐年轻人去局长家传话说他和佩佩在局里等局长过来。年轻人点点头便离开了。接着，我和法医去了停尸房。

埃克托的尸体还放在那里，他毛皮的光泽渐渐褪去。现在的他只不过是一具尸体，和其他那些尸体一样。法医在检查，我走到一个角落睡觉，直到听见局长的声音才醒过来，我感觉到有人在使劲摇晃我的身体。快起来，佩佩！法医说。我起身跟上他们。局长和法医急匆匆地在隧道里穿来穿去，这几条隧道我从未来过。我跟在他们身后，盯着他们的尾巴看，半梦半醒，感到背上一阵阵灼痛。很快，我们来到一处空旷的洞穴。一团阴影在看似王座（或者是一个摇篮）的地方蒸腾着热气。局长和法医示意我往前走。

告诉我发生了什么，一个声音从暗处传来，那声音里有着许多声音。起先我非常恐惧，畏缩不前，不过很快意识到那是非常老的鼠后——几只耗子在幼年时因尾巴打结在一起，丧失了工作能力，却被赋予了必要的智慧，在危急情况下为同胞提供建议。于是我从头到尾把事情复述了一遍，尽量保持冷静客观，就像在写报告一样。等我说完，那个由许多声音组成的声音，再次从暗处传来，问我是不是歌手约瑟芬的侄子。正是在下，我说。我们出生时约瑟芬还活着，鼠后费力地移动着身子说。我隐约看见一团巨大的深色球体，布满因上了年岁而暗淡无光的小眼睛。我推测鼠后应该很胖，污垢在其后爪堆积，使其无法动弹。一种变异，那声音说。过了好一会儿，我才反应过来这话指的是埃克托。一种毒药，但不会妨碍我们民族继续生存下去，那声音说。从某种意义上讲，他是一个疯子、一个极端个人主义者，那声音说。有件事我不明白，我说。局长用爪子碰了碰我的肩膀，似乎是想阻止我说话，但鼠后要求我解释一下不明白的地方。他为什么要饿死那只幼崽？为什么不像对付其他受害者那样撕开他的喉咙？有那么几秒钟，我只听到那团蒸腾着热气的阴影在叹息。

也许，过了好一会儿那声音才开口，他想在不介入或最低程度介入的情况下，目睹死亡的全过程。在又一阵似乎永无休止的沉默后，那声音补充道：我们要记住的是他疯了，这是一起极反常的怪事，耗子是不会杀死耗子的。

我低下头，就这样过了不知多久，甚至有可能我已经睡着了。突然，我又感觉到局长的爪子放在我的肩膀上，他催促我跟上他。我们顺着原路返回，一路无话。正如我担心的，等我们回到停尸房，埃克托的尸体已经不见了。我问尸体在什么地方。我希望是在某个捕食者的肚子里，局长说。然后，我不得不听到早已知晓的命令，即严禁与任何人谈论埃克托的案件。案子已经了结，我能做的最好的事情就是忘记它，继续生活和工作。

那天晚上，我不想在警察局睡觉，于是在一个全是强壮的、脏兮兮的耗子的洞穴里给自己找了个地方。醒来时，我孤身一人。我梦见一种未知的病毒感染了整个族群。"耗子也会杀死耗子"这句话一直在我脑中回响，直到醒来。我知道一切都无法再和从前一样了，我也知道这只是时间问题。我们适应环境的能力、我们勤劳的天性、我们为追求内心深处知道其实并不存在的幸福而进行的集体长征——这幸福不过是我们的借口、布景和帷幕，用来衬托我们日复一日的英勇举动——这一切都注定会消失，而这也意味着我们作为一个民族，注定要消失。

因为没有别的事情可做，我重新开始了例行巡逻：一名警察被捕食者撕成碎片；我们再次遭到来自地上世界的毒药袭击，许多同胞死亡；还有几条隧道发了洪水。然而，一天晚上，我屈从于一阵阵几乎吞噬全身的燥热，朝一条废弃的下水道走去。

我无法确定这里是不是我先前发现某位受害者的地

方，或者相反，这是一条我从未踏足过的下水道。毕竟，所有的废弃下水道都是一个样子。我在那里蹲伏了很长一段时间，等待着……可是除了远处的噪声和我无法确定来源的水声，什么动静也没有。当我回到警察局，我的眼睛因长时间守夜而发红，这时来了一些耗子，他们信誓旦旦地说在附近的隧道里看到了几只黄鼠狼。旁边有一位新警察，是跟他们一起来的。他看着我，等待我的指示。黄鼠狼围捕了三只耗子和他们的孩子，把他们逼进了隧道深处，如果我们等待增援，那就太晚了，新来的警察说。

对谁来说太晚了？我打着哈欠问他。对幼崽和他们的照看者来说，他回答。一切都太晚了，我想。我不禁思考：到底是从什么时候开始一切都太晚了？从我姑妈约瑟芬生活的年代？从一百年前、一千年前？或者从三千年前？难道这一切不是从我们种族诞生之时起就注定的吗？新来的警察注视着我，等着我表态。他很年轻，工作时间应该还不到一周。周围的其他耗子有的在窃窃私语，有的把耳朵贴在隧道的墙壁上，他们中的大多数要竭尽全力才能使自己不再颤抖，抑制想要逃跑的冲动。你准备怎么做？我问新来的警察。按规矩办，他回答，我们进入隧道救出那些孩子。

你面对过黄鼠狼吗？你准备好被黄鼠狼撕成碎片了

吗？我问。佩佩，我知道如何战斗，他回答。事已至此，我没什么可说的了，于是我站了起来，命令他跟在我身后。隧道里一片漆黑，散发着黄鼠狼的气味，不过我知道如何在黑暗中行动。有两只耗子自告奋勇走上前来，跟着我们。

2002

隔壁房间

有一次，如果我没记错的话，我参加了一场疯子的聚会。来的大多数人受幻听所困扰。有个家伙走近我，问我能不能私下聊几句。我们去了另一个房间。那家伙说药物使他心神不宁。我越来越焦虑，他说，而且有时候我会产生一些奇怪的念头。我跟他说这很常见。那家伙说他可是头一回经历这些，随即卷起毛衣袖子，抓挠起肚脐。他裤子里藏着一把手枪。那是什么？我问。他妈的肚脐眼儿，那家伙说，痒得慌，没办法我成天忍不住挠。确实，肚脐周围的皮肤都红了。我对他说：我问的不是肚脐，是再往下一点那个。是手枪吗？我问。没错，是手枪，那家伙说。然后他掏出来并瞄准了房间里唯一的一扇窗。我想过问他那是不是玩具，但没开口。那在我看来就是把真枪。我跟他说给我看看。武器不能外借，那家伙说，就像车和女人一样，如果你偷了一辆车，你可以把它借给别人，我不建议，但你可以这么干，就像你找了个妞，一样的，我是不会这么干的，我绝对不会把女人借给别人，但你可以，武器的话，怎么都不行。如果是偷来的或玩具枪呢？我说。也不行，那家伙说，一件武器从上面有了你的指纹开始，就不能再借出去了，明白吗？也许吧，我说。你跟她之间有了承诺，那家伙说。也就是说，一辈子都得带着她，我说。没错，那家伙说，和结婚了一样，那还有什么好说的，你用他妈的指纹把她搞怀孕了，那还有什么好说的。责任，那家伙强调道。然后他抬起胳膊，用枪直指着我的头。不知道是当时还是过后，或者也可能是回忆起从前这么想过，我狂热而徒劳地想到，莫罗的 belle inertie[1]，美丽的惰性，莫罗的一种创作手法，莫罗能以此把任何一种场景，无论多么混乱，凝结、停驻、固定在他的画布上。然后我闭上双眼。我听到他问我为什么闭眼睛。有些批评家称之为"莫罗的静止"。另一些不那么欣赏他的批评家则称之为"莫罗的恐惧"。珠光宝气的恐惧。我想起他那些透明的画作，他那些"未完成"的画作，画中巨大而模糊的男人，还有跟男性形象相比显得娇

---

[1] 原文为法语，意为"美丽的惰性"。古斯塔夫·莫罗（Gustave Moreau, 1826—1898）是 19 世纪法国象征主义运动的核心画家，以其神秘、梦幻的视觉语言和对神话、宗教题材的深刻诠释闻名。

小但美到难以形容的女人们。J. K. 于斯曼[1] 曾评论莫罗的一幅画道："无论描绘什么场景总是引发相同的印象：一种在贞洁的身体里反复重现的精神自慰。"精神自慰？纯粹的自慰。莫罗笔下的所有巨人，所有女人，所有珠宝以及几何平衡（或说几何辉光）都全副武装并直挺挺地坠入贞洁的身体或责任之域。我二十多岁的时候，正是一个多愁善感的年轻人，有天晚上在危地马拉的一家旅馆里，听到了隔壁房间两个男人的谈话。一个声音低沉，另一个我们可以称之为嘶哑。一开始，我当然没注意到他们在说什么。两人都是中美洲人，不过从他们的措辞和口音判断，也许不是来自同一个国家。声音嘶哑的男人开始讲述某个女人。他赞美她的美貌、衣品、仪态以及厨艺。另一个声音低沉的男人完全附和。我想象他躺在床上，抽着烟，而另一个男人坐在自己的床尾或床中间，没穿鞋，但还穿着衬衫和裤子。我不觉得他们是朋友，可能只是拼房，因为没有空房或因为合住更划算。也许他们已经一起吃了晚饭或喝了点小酒，便有了点交情。在那个年代的中美洲，这就算得上有交情了。好几次，他们的聊天我听着听着就睡着了。我为什么不

---

[1] J. K. 于斯曼是法国作家、艺术评论家夏尔－马里－乔治·于斯曼（Charles-Marie-Georges Huysmans，1848—1907）的常用笔名。

一觉睡到大天亮呢？我不知道。可能我太紧张了，也可能是隔壁房间的声音有时会突然提高到足以吵醒我。某一刻，声音低沉的男人笑起来。声音嘶哑的男人说，或反复说，他杀了他老婆。我猜就是我睡着前听到的他赞不绝口的那个女人。我杀了她，他说。然后他等着另一个人的反应。这下解脱了，我这是伸张正义，没人能笑话我。声音低沉的男人在床上动了一下，但什么也没说。我想象他的皮肤黝黑，可能是印第安人与黑人的混血，更像黑人一点，可能是个要回国或北上去墨美边境的巴拿马人。漫长的沉默过后，我只听到些奇怪的噪声，然后我听到一个问另一个说的是不是真事，是不是真杀了那个女人。声音嘶哑的男人什么也没说，也许他只是点了点头。然后黑人问他想不想抽烟。好主意，声音嘶哑的男人说，最后一根，抽完我们就睡吧。之后我再没听到什么声音了。声音嘶哑的男人可能起身关了灯，那个黑人躺在床上看着他。我想象着有个放烟灰缸的床头柜。跟我的房间一样，漆黑一片，只有一扇小窗朝向外面那条未铺沥青的土路。声音嘶哑的男人应该是瘦削苍白、有点神经质的那种。另一位，黝黑且高大壮实，很少冲动。我失眠了很久。当我觉得他们已经睡着，便起床，尽量不发出声响，然后开了灯。我点着一根烟，开始看书。黎明似乎遥不可及。当终于又有睡意，我关了灯，躺回床上，这时我听到隔壁有动静。一个女人的声音，好像嘴唇贴着墙在说话，她说晚安。那一刻，我环顾自己的房间，跟隔壁房间一样，也有三张床，我害怕极了，很想尖叫，但忍住了，因为我知道我必须忍住。

2001—2003

令人难以忍受的高乔人

献给罗德里戈·弗雷桑

　　和曼努埃尔·佩雷达交往密切的人认为他有两项突出的美德：作为父亲，他细心温柔；作为律师，他无可指摘，他的诚实——在这种品德并不被推崇的国家和年代——是有口皆碑的。关于第一点，他的一双儿女贝贝·佩雷达和库卡·佩雷达就是最好的例子，他们度过了幸福的童年和青少年时期，长大后他们指责父亲将他们保护得太好，尤其是在对实际问题的处理上，父亲为他们做得太多，以至于他们从不知道现实的残酷。关于律师工作，也没什么可说的，他赚到了钱，收获了许多朋友而不是四面树敌，这并不容易；在面临选择，是做法官还是代表某党派参选议员时，他毫不犹豫地选择了在司法领域更进一步——尽管这意味着将无法获得如从事政治活动那样多的经济回报。

不过，三年后，他对司法界彻底失望，便放弃了公共生活，至少有那么几年，他投入到了阅读和旅行中。当然，一定存在一位佩雷达夫人，她结婚前姓赫希曼，据说佩雷达曾经疯狂地爱上了她。许多老照片可以证明这一点：在一张照片中，佩雷达身着黑色西装，和一位金发——几乎是白金发色——女郎跳着探戈，她对着镜头微笑，而他那像梦游者或羊羔一般的眼神，只聚焦在她身上。很不幸的是，佩雷达夫人在库卡五岁、贝贝七岁时突然去世了。虽然人们都知道佩雷达的社交圈子里有几位与他关系友好（但从不是男女朋友关系）的女士，而且她们都具备成为佩雷达夫人所需的所有品质，但这位年轻的鳏夫并没有再娶。

有两三位亲近的朋友问佩雷达为何一直保持单身，他的回答总是相同：因为不希望尚且年幼的孩子们面对来自继母的（难以承受的，他原话是这么说的）压力。在佩雷达看来，阿根廷最大的问题，至少是那几年这个国家的所有问题，恰恰源于继母问题。我们阿根廷人，他说，我们从来没有过母亲，或说她是隐身的，要么就是她把我们遗弃在了孤儿院门口，然而，从伟大的庞隆主义继母开始，我们有过太多继母，各种肤色的。最后他总结道：在拉丁美洲，没有任何一个国家比我们更了解继母问题。

尽管如此，他的生活很幸福。他常说在布宜诺斯艾利斯生活很难不快乐，这座城市是巴黎和柏林的完美结合，虽说仔细观察的话，更像里昂和布拉格的完美结合。他每天和孩子们一起起床、吃早饭，再把他们送到学校。上午剩下的时间他用来读报纸，总是至少阅读两份报纸，十一点吃点心后（一般是肉和香肠，黄油抹法国面包，两三杯国产或智利产的红酒，除了在某些特殊的场合，如果有必要的话，他会喝法国红酒），睡午觉到一点。然后他会独自在空荡的餐厅里一边读书一边吃午饭。年老的女佣漫不经心地看着他吃饭，银镶边相框里黑白照片中已故妻子的目光也陪伴着他。他午饭吃得不多：一碗汤、一点鱼和土豆泥，他一般会等到放凉了才吃。下午，他会辅导孩子们做功课，两位拥有意大利人姓氏的老师会到家里给孩子们上课，他会安静地陪库卡上钢琴课，或旁听贝贝的英语和法语课。有时库卡学会了弹整首曲子，女佣和厨娘就会凑过来听，佩雷达充满骄傲地聆听她们对女儿的小声赞扬，一开始他觉得太过夸张，但多想两遍后，又觉得她们夸得贴切到位。晚上在给孩子们道过晚安并无数遍嘱咐用人们不要给任何人开门后，他会去科连特斯街上他最喜欢的咖啡馆，他最多待到一点，不会再晚了，他在那里整晚听他的朋友们或朋友的朋友们讲一些他不知道的事，他怀疑即使自己先前了解这些事，也只会觉得极其无趣。然后他起身回家，此时家里的人都已经睡着了。

孩子们最终长大成人。库卡先结婚，随后搬去了里约热内卢；贝贝致力于文学，确切地说是在文学方面取得了成功，成为一名知名作家，这让佩雷达很骄傲，儿子出版的书他不仅每本甚至每页都认真阅读。贝贝成名后还在家住了几年（哪儿会比家更好呢？），之后他也像妹妹一样远走高飞了。

起初，律师试图结束孤单一人的生活。他和一个寡妇在一起了一段时间，后来在法国和意大利旅行时又遇到一个名叫瑞贝卡的年轻女孩，可最后他发现，整理自己庞杂凌乱的书房就能感到满足。这期间，贝贝在一所美国大学教了一年书，当他从美国回来时，佩雷达已经变成一个早衰的老人。贝贝很担心，便尽量多陪在父亲身边，他们有时会一起去剧院或影院，佩雷达总是睡着；有时候，贝贝会强迫（只在开始时）父亲和他一起参加黑铅笔咖啡馆办的文学沙龙，一些获得市级奖项加冕的作家会在沙龙上就祖国的命运进行冗长的发言。佩雷达通常一言不发，不过他开始对儿子的作家同行们的发言感兴趣了。他们谈文学的时候，他确实感到无聊。在他看来，阿根廷最好的作家是博尔赫斯和他儿子，其他都是废话，但他们一讲到国内外政治，佩雷达便如遭电击一般全身紧张。从此以后他的日常活动发生了变化，他开始早起，然后在书房的旧书堆里翻来翻去，虽然连他自己也不知道在找什么，接着整个早上都用来阅读。他决定戒酒，不吃过于油腻的食物，因为他认为这两样东西会使自己变迟钝。他的卫生习惯也变了，很快就不再每天洗澡，出门前也不再精心打扮，还有一回，他没打领带就去公园里读报纸。有时他的老朋友们也很难从这个"新"佩雷达身上找到他们熟悉的老友——那位各方面都无可指摘的律师——的任何影子。有一天，他起床时感到比平常更加紧张不安，因为将要和两个已经退休的朋友吃午饭，一位曾是法官，另一位曾是记者，整顿饭下来他没停止过大笑。最后，在他们品尝白兰地时，前法官朋友问他到底是什么让他这么开心。布宜诺斯艾利斯在沉沦，佩雷达回答。前记者觉得他这位律师朋友大概是疯了，便建议他去海边散散心，来自大海的空气令人精神振奋。而前法官不是一个喜欢随便揣测原因的人，他觉得佩雷达只是突然想换个话题而已。

几天后，阿根廷的经济确实垮了。美元账户被冻结，那些还没来得及将资产（或积蓄）转移到海外的人突然发现他们的账户里空空如也，只剩下一点让人看一眼就会起鸡皮疙瘩的债券和期票——一支被遗忘的探戈和国歌的歌词在某种程度上启发了这些含糊的承诺。

我早说了吧，佩雷达对每个人都这么说，如果还有人愿意听他说的话。街道上挤满了被国家、银行或别的什么所欺骗的人，和那时的许多布宜诺斯艾利斯市民一样，他也在两名用人的陪同下排起了长队，和（意外地令他感觉十分亲切的）陌生人展开漫长的闲聊。

总统辞职的时候，佩雷达也参与了敲锅抗议。抗议发生了不止一次。街道有时似乎被各个阶层的老年人所占领。佩雷达喜欢这一切，他并不清楚原因，但觉得这是事情开始变化的标志，有什么东西在暗中松动了，他也不排斥和封路抗议者们一起上街示威，尽管此类游行总是很快就演变成暴动。短短几天内，阿根廷换了三位总统。没人带头闹革命，也没有军人冒出发动军事政变的想法。也就是在那时，佩雷达决定回乡下去。

出发前，佩雷达跟女佣和厨娘讲了他的计划。布宜诺斯艾利斯正在腐烂，他说，我要回庄园去。他们坐在餐桌旁聊了几个小时。厨娘去庄园的次数和佩雷达一样多，她过去总说乡下不适合像佩雷达这样有学识的一家之主，因为他总是操心孩子们是否能接受到良好的教育。庄园在佩雷达的记忆中已经逐渐褪色、变得模糊，他只记得一栋中庭破败的宅子、一棵令人恐惧的大树和一座总有暗影闪动的谷仓，也许是老鼠。那天晚上，佩雷达一边喝茶，一边向他的用人们坦白：他几乎已经没钱支付她们的薪水了（所有钱都被冻结在银行里，也就是说，都没了），他唯一能想到的解决办法就是带着她俩一起回乡下，他相信那里至少食物充足。

女佣和厨娘为他感到遗憾。佩雷达说到动情处流下了眼泪，为了安慰他，她们让他别为钱担心，说已经打定主意就算没有工钱也会继续为他干活。这位律师坚决反对，不容许任何反驳。我这把年纪可是没法做皮条客了，他微笑着说，笑容里混着歉意。第二天早上他收拾好箱子，搭出租车去火车站，她俩站在人行道上和他告别。

漫长又单调的火车旅行给了他足够的时间反思人生。一开始车厢里坐满了人，据他观察，大家的话题基本分为两类：国家破产的情况和韩日世界杯前夕阿根廷队的备战状态。车厢里的人群让他想起许久之前看过的电影《日瓦戈医生》中列车驶离莫斯科的场景，虽然在这部英国人执导的电影里，俄国列车上的乘客们既不谈论冰球也不谈论滑雪。尽管佩雷达也同意理论上讲阿根廷队无懈可击，但他认为胜算并不大。到了晚上，人们停止交谈，佩雷达想起他远在国外的孩子们，库卡和贝贝，一些与他有过亲密交往的女人——他以为再也不会记起她们——也悄然从遗忘中浮现，她们被汗水包裹着的肌肤在他躁动的灵魂中注入了某种宁静，却又没有带来真正的平静，可能还带来了一丝冒险的感觉，但也不全是。

列车在草原上重新启动，佩雷达前额贴在冰冷的玻璃窗上睡着了。

他醒来时车厢已经半空，邻座是个印第安人长相的男人，正在看《蝙蝠侠》的漫画书。我们到哪里了？他问旁边的男人。在古铁雷斯将军镇，男人回答。哦，那还没到，我是要去霍尔丹上尉镇，佩雷达想。他站起来，松松筋骨又坐下。他看到荒漠中有一只兔子似乎在和列车赛跑，第一只兔子后面跟着五只兔子。领头的兔子几乎是在窗户边跑着，它眼睛睁得很大，仿佛与火车赛跑需要使出超人的力气（或超兔，律师想）。跟在后面的兔子们你追我赶，就像环法自行车赛上的突围集团。随着几次大跳跃，后面五只兔子的位置发生变化，第一名落到了最后一名，第三名又取代了第二名，第四名赶超了第三名，跟随的兔子们就这样慢慢缩短了和车窗下那只单独奔跑的兔子的距离。一群兔子！佩雷达想，多么美妙啊！放眼望去荒漠中什么也没有，只有无穷无尽的稀疏草场和大片低沉的云，让人不禁怀疑附近是否真的存在村镇。您是去霍尔丹上尉镇吗？他问旁边的《蝙蝠侠》读者。那人看漫画极认真，不放过任何细节，仿佛正在参观一座便携式博物馆。不，我在埃尔阿佩埃德罗下车。佩雷达努力在脑海中搜索，但想不起来这是哪个车站。那是什么，车站还是工厂？佩雷达问。印第安人长相的男人盯着他说：一座车站。佩雷达发觉他的问题似乎惹怒了邻座。自己向来谨慎，他想，一般不会以如此不恰当的方式提问，那不是他问的，而是潘帕斯草原让他以这种直截了当、阳刚硬派、不容托辞的方式提问。

他又把头贴在窗户上，此时跟随的兔子们已经赶上了单独奔跑的那只，残暴地扑向它，用爪子和牙齿撕咬它。啮齿动物的长牙咬在身上，佩雷达想到这里不禁觉得恐怖。列车渐行渐远，只能看到一团杂乱的棕褐色皮毛在铁轨的一侧翻滚。

在霍尔丹上尉站下车的只有佩雷达和一位带着两个孩子的女士。站台一半是木头一半是水泥。佩雷达怎么也找不到工作人员。女士和她的孩子们沿着铁轨走远了，身影逐渐缩小，佩雷达算了算，他们走了至少四十五分钟才完全消失在地平线上。地球是圆的吗？他想。当然是圆的！他自己回答自己，然后坐在车站办公室靠墙的木质长凳上消磨时间。他不可避免地联想起博尔赫斯的小说《南方》，想到结尾处那几段有关车站旁杂货酒馆的描写，泪水湿了眼眶，又记起贝贝新出版的小说的情节，想象着儿子在美国中西部某所大学局促的房间里，坐在电脑前创作那本小说的情形。他激动地想：等贝贝回国，得知我回到庄园……直射的阳光和草原上吹来的阵阵和煦微风让他昏昏欲睡。他睡着了，醒来时感觉有一只手在摇晃他的身体，一个跟他年纪相仿、穿着铁路工人旧制服的男人问他在这里做什么。佩雷达说自己是阿拉莫·内格罗庄园的主人。那人看了他一会儿，说：您是那位法官？正是，他回答，我从前做过一阵子法官。法官先生，您不记得我了吗？男人问。佩雷达认真地看了看他——这个男人急需一身新制服和理发——然后摇摇头。我是塞韦罗·因方特，男人说，您曾经的玩伴，小时候我们在一起玩的。佩雷达回答：朋友，都那么久了，我怎么还会记得？且不说他的用词，甚至连他的声音，听上去都十分奇怪，仿佛霍尔丹上尉镇的空气也参与了他声带或喉咙里的共振。

确实，法官先生您说得对，塞韦罗·因方特说，但我还是觉得应该庆祝一下。他蹦蹦跳跳地进了售票处，仿佛在模仿袋鼠，出来时手里拿着酒和杯子。祝健康！他说着给佩雷达倒了半杯看似纯酒精的透明液体，那味道像是石头和烧焦的土地，佩雷达尝了一口，就放在了长凳上。他说他不喝了，然后站起来，问塞韦罗去庄园要怎么走。两人一起从后门出了售票处。去霍尔丹上尉镇的话，从这边穿过干水塘就到了，塞韦罗说，阿拉莫·内格罗是另一个方向，要远一点，但是白天去的话一般不会迷路。保重身体，佩雷达说完便朝他的庄园走去。

庄园的主宅几乎已经废弃。晚上冷，佩雷达试图找几根木柴生火，但什么都没找到，只得缩在大衣里，想着明天又是新的一天，将头枕在箱子上睡着了。第二天晨光刚刚照进来他就醒了。井里还有水，可是桶不见了，绳子也烂了。得去买绳子和桶，佩雷达想。他吃了剩下的一点花生当早饭，那袋花生还是在火车上买的，然后检查了庄园里数不清的天花板低矮的房间，之后出发去镇上。一路上他都没看到牛，但是看到了兔子，他觉得不太寻常。他不安地观察着它们，兔子时不时跳到他跟前，不过只要挥挥手就能赶走。虽然他向来对火器不太感兴趣，但是现在很想有把枪。除此之外，这趟出行还是很惬意的：纯净的空气，清朗的天空，不冷也不热，时而能望见草原远处的孤树，他觉得此番景象颇具诗意，仿佛那棵树和荒无人烟的清简氛围只为他存在，一直耐心等待他的到来。

霍尔丹上尉镇没有一条路是铺过的，建筑正立面被厚厚的灰尘包裹。刚走进镇子他就看到一个男人睡在装着塑料花的花盆旁。我的上帝啊，这里也太破败了，他想。武器广场倒是很大，市政厅是砖头搭建的，给简陋又破旧的建筑群增添了些许文明气息。他问在广场上抽烟的园丁哪儿有五金店，园丁好奇地看了他一眼，把他带到了镇上唯一一家五金店门口。店主是名印第安人，他把所有绳子都卖给了佩雷达，总共四十根编织粗绳，佩雷达检查了好一会儿，似乎在找绳头。选好商品后他对店主说：都记在我的账上。谁的账上？店主不明白他是什么意思。记在曼努埃尔·佩雷达的账上，佩雷达一边回答一边把刚买到的东西堆到角落。接着他问店主哪儿可以买马，印第安人耸了耸肩，说：现在已经没有马了，只有兔子。佩雷达以为他是在说笑，回了一个生硬的笑容。园丁一直在门边看着他们，他告诉佩雷达在堂杜尔塞的庄园能买到玫瑰色花马。佩雷达向园丁要了庄园的地址，园丁陪他走了几条街，直到一处堆满瓦砾的地方，再往前就是荒野了。

庄园名为"我的天堂"，不像阿拉莫·内格罗那样破败。院子里，母鸡在地上啄食，几个印第安人长相的小孩在玩套索。棚屋的门合页坏了，被拆下来靠在墙边。主宅里走出一个女人向佩雷达道午安，他跟她要了杯水。他边喝边问女人这里是不是可以买到马。您得等主人回来，女人对他说，而后转身走进屋子。佩雷达便坐到水井旁赶苍蝇打发时间。院子里到处是苍蝇，好像有人正在制作腌肉似的，佩雷达没怎么吃过腌制食物，除了腌黄瓜，还是许多年前在英国进口食品店买的。过了一个小时，吉普车的声音传来，他站了起来。

堂杜尔塞是个矮个子，蓝眼睛，面色红润。这会儿天气已经有些凉了，可他仍旧只穿一件白色短袖衬衫。一个穿灯笼马裤、戴围腰布的高乔人也下了车，个头比堂杜尔塞还矮。高乔人只斜眼瞥了佩雷达一下，就走到棚屋给兔子剥皮。佩雷达介绍自己是阿拉莫·内格罗庄园的主人，最近想修整庄园，需要一匹马。堂杜尔塞邀请他留下来吃晚饭。一起吃饭的还有佩雷达刚才见过的那个女人、他们的孩子和那个高乔人。房子里的炉子不是用来取暖的，而是用来烤肉的。面饼没经过发酵，吃起来很硬，佩雷达觉得像犹太人吃的无酵饼，这让他怀念起早逝的妻子，她是犹太人。但"我的天堂"庄园里没有人看上去像犹太人。堂杜尔塞说话的腔调像克里奥尔人，佩雷达还注意到他用了几个布宜诺斯艾利斯人才会讲的俗语，仿佛他就是在首都的卢罗别墅街区长大的，刚刚搬到潘帕斯草原上生活。

交易进行得很顺利，佩雷达甚至无须费心在牲口栏里挑选，因为只有一匹马在售。他说也许要一个月后才能付款，堂杜尔塞对此并没有异议。倒是高乔人在晚餐时就一言不发，此时又露出怀疑的神情。告别时他们已为佩雷达备好鞍，给他指明了回家的路。

我多久没骑马了？佩雷达自问。有那么几下，他担心自己的身子骨要散架，毕竟他在布宜诺斯艾利斯城里舒适惯了，坐惯了大扶手椅。夜里一片黑暗，如狼之口。真是个糟糕的比喻，佩雷达想，欧洲的夜也许像狼之口，但在拉丁美洲不是这样，这里的暗夜犹如真空，一个茫茫无所寄托、无所庇护，完全暴露于极端天气的悬浮空间。祝您好运！远处的堂杜尔塞对他喊道。看上帝的意思了，他在黑暗中回答。

　　回庄园的路上佩雷达好几次睡了过去。在一个梦里，他看见无数扶手椅在大城市上空盘旋，他认出了那座城市就是布宜诺斯艾利斯，突然，扶手椅燃烧起来，火越烧越大，照亮了天空。另一个梦里，他和父亲一起骑在马背上，他们正在离开阿拉莫·内格罗，父亲看上去很难过。我们什么时候回来？他问父亲。小曼努，我们再也不回来了，父亲回答。佩雷达一低头，从最后这个梦中骤然惊醒，此时他已经回到霍尔丹上尉镇。街角有家杂货酒馆还开着，他听到有拨弄吉他琴弦的声音，那人只是在调音，并不打算完整弹一首曲子，就像他在博尔赫斯小说里读到的。有那么一瞬间，他想到了自己的命运，身为拉美人的操蛋命运，将会和《南方》里达尔曼类似的命运，但他觉得还没到时候，一方面他还欠人钱，另一方面他也还没准备好去死，佩雷达很清楚没有人能为死亡做好准备。一个突如其来的灵感促使他骑马闯进了杂货酒馆，老板在里头，有个老高乔人正在弹拨吉他，还有三名年轻人围坐在桌边，他们看到一匹马闯进来，十分吃惊，佩雷达觉得眼前一幕仿佛迪·贝内德托 [1] 小说中的场景，内心窃喜，但没表现出来，而是板着脸走到包着锌板的吧台旁，要了一杯烈酒。他一只手端着酒杯喝酒，另一只手悄悄紧握马鞭，毕竟他还没有买到匕首——按照传统这是必备的。他让老板把账记在自己名下，然后走到年轻的高乔人身边，为了重申自己的威严，他让他们挪挪地方，因为他要吐痰，小伙子们还没反应过来发生了什么，一口老痰猛地从佩雷达嘴里喷射出来，他们吓了一跳，差点来不及避开。祝诸位好运，说完佩雷达再次消失在霍尔丹上尉镇的暗夜中。

从那之后，佩雷达每天都骑着何塞·比安科——那是他给马取的名字——到镇上去。一般是为了买一些修缮庄园所需的用具，同时他也喜欢找园丁、杂货酒馆的老板和五金店的店主聊天，他每天在这些人的店里消费，渐渐地欠他们的钱也越来越多。一些高乔人和其他商贩很快加入了他们的闲聊，有时甚至小孩子们也跑

[1] 应指安东尼奥·迪·贝内德托（Antonio di Benedetto，1922—1986），阿根廷小说家、记者。

来听佩雷达讲故事。尽管并不总是令人愉快的故事，佩雷达却乐此不疲。比如他会讲起自己曾经有一匹和何塞·比安科很相似的马，但是在一次和警察的冲突中被杀了。幸亏我当过法官，他说，警察在和法官或前法官打交道时通常会有所让步。

警察就是秩序，他说，而我们法官代表公正，小伙子们，你们明白区别在哪儿吗？高乔人总是习惯性地点头，尽管并不是所有人都理解他在说什么。

他有时候也去火车站，他的朋友塞韦罗喜欢回忆他们小时候的恶作剧。佩雷达心想，自己小时候绝不可能像塞韦罗描述得那样愚蠢，但他还是让塞韦罗说个尽兴，等塞韦罗累了或睡着了，他就走到站台，等待给他送信的火车。

他等的信终于来了。信里，厨娘说在布宜诺斯艾利斯日子不好过，但是让他别担心，她和女佣每两天去他家一次，家里收拾得干净整洁。街区里有些公寓因为突然的经济危机彻底陷入混乱，而他的公寓还和从前一样干净、庄重且宜居，甚至住起来可能比以前更舒服，家中各项用品因没人使用，损耗渐趋于无。接着她讲起了邻居的闲话，这些传闻带着宿命论色彩，所有人都觉得被骗了，没有人能看到隧道尽头的曙光。厨娘将一切归罪于庇隆主义者，说他们就是一窝子小偷，而女佣的想法更加激进，她认为这是全体政客和阿根廷人民的错——温顺的羔羊终于得到了他们应得的。厨娘可以保证的是两人都曾尝试给佩雷达汇款，可到处都是无家可归的人，她们一直没有找到钱款不被半路窃取的办法。

那段时间的傍晚，在赶回阿拉莫·内格罗的路上，佩雷达总能发现远处又多了几间前一天还不存在的房屋，时不时有细细的炊烟从中飘出，消失在草原广袤无际的天空中。如果碰到堂杜尔塞和他家的高乔人，他们会停下来一起抽几口烟，聊一聊，有时候他们不下吉普车，佩雷达也不下马。堂杜尔塞出门是为了猎兔。有一次，佩雷达问他如何捕兔子，堂杜尔塞便让高乔人给他展示他们的陷阱，一个介于鸟笼和捕鼠器之间的装置。吉普车里并没有兔子的身影，只有皮毛，高乔人负责在捕猎的陷阱旁剥兔子皮。告别后，佩雷达想，堂杜尔塞的活计并没有给他的故乡增光添彩，而是相反。哪个真正的高乔人会以猎兔为生呢？走吧，老伙计！佩雷达轻柔地拍了拍马背说，何塞·比安科，咱们回庄园。

有一天，厨娘出现了，给佩雷达带来了钱。从火车站回庄园的路上，前半段佩雷达让她坐在后面，后半段他们一起步行，两人都默不作声，静静望着草原。此时的庄园已经比佩雷达刚到时更加舒适了，晚饭他们一起吃了炖兔肉，随后厨娘借着煤油灯的光给他算这笔钱是怎么筹来的，从哪里取的钱，家里哪些东西被贱卖了。佩雷达对数钞票并不反感。他第二天醒来的时候，厨娘已经打扫了一晚上，他温柔地责怪她并不需要这么做。堂曼努埃尔，她对他说，这儿脏得像个猪圈。

两天后，尽管佩雷达再三挽留，厨娘还是决定要坐火车回布宜诺斯艾利斯去。站台上除了他们，没有其他旅客。离开布宜诺斯艾利斯的我仿佛不是我了，她向佩雷达解释道，我年纪太大，已经做不了另一个自己了。女人都一样，佩雷达想。厨娘说：一切都在改变，城里到处是乞丐，生活还过得去的人在街区里煮大锅饭充饥，大概有十种不同的货币在流通，这还不算官方的，没有人觉得无聊，人们绝望，但不无聊。他们说话时，佩雷达看见几只兔子正在铁轨另一边探头探脑。兔子看看他们，然后跳着离开了，消失在荒野中。有时这一带好像到处是虱子和跳蚤，佩雷达想。厨娘带来的钱足够支付他欠下的债务，也够再雇几个高乔人修理庄园里几乎要塌下来的屋顶，但问题是他对木工活一窍不通，那些高乔人甚至还不如他。

其中有个人叫何塞，七十多岁，没有自己的马。另一个人叫坎波尼科，可能更年轻，也可能更年长。他们穿着灯笼马裤，戴自制的兔皮帽。两人都没成家，很快就住进了阿拉莫·内格罗庄园。晚上，佩雷达在篝火边给他们讲自己想象出来的冒险故事。他给他们讲阿根廷，讲布宜诺斯艾利斯，讲潘帕斯草原，问他们会选择在哪里生活。阿根廷是一本小说，他说，因此是虚假的，至少是充满谎言的，布宜诺斯艾利斯遍地是小偷和吹牛大王，和地狱差不多，唯一值得的是女人和少数但也只是极少数作家，草原则不一样，草原是永恒的，对草原最合适的形容是一片无边无际的墓地，老兄，你们能想象吗？一片无边无际的墓地。两个高乔人笑了起来，说确实没法想象，因为墓地是给人用的，虽然世界上有数不清的人，但数量肯定是有限的，墓地不可能无边无际。我跟你们说的墓地，佩雷达回答道，是永恒的忠实复制品。

　　他带着剩下的钱去了古铁雷斯上校镇，买了一匹母马和一匹小马，母马是用来骑的，小马几乎没什么用处，反倒还需要精心照料。下午如果干活干得无聊，或是闲着没事干，佩雷达会和他庄园里的高乔人一起去镇上。他骑何塞·比安科，两个高乔人骑母马。每次他走进杂货酒馆，里面总是一片庄严的寂静，有些人在打牌，另一些人在下跳棋。每当镇长——一个郁郁寡欢的男人——出现，总会有四个胆大的人陪他一起玩《大富翁》到天亮。对佩雷达来说，这种以赌博为乐（更不用说玩《大富翁》了）的习惯既野蛮又充满攻击性。杂货酒馆是人们交谈或安静听其他人交谈的场所，他想，一家杂货酒馆就像一间空教室，一座焚着香的教堂。

有时到了夜里，尤其是当其他地方的高乔人或迷路的商人出现时，佩雷达内心会冒出强烈的打架欲望，不必是正式的打斗，就是模拟刀战，但不像练习时那样用烧黑的棍子，而是用折刀。有时候他会在两个高乔人中间睡着，梦到他的妻子，梦中的妻子牵着两个孩子的手，责怪他如今堕落成了野蛮人。那这个国家的其他人呢？他反问。亲爱的，这不是借口，赫希曼小姐说。佩雷达想想妻子说得有道理，泪水浸满了眼眶。

不过他的梦通常是平静的，每天早上起床时他都充满活力，期待马上开始干活，尽管庄园里的工作实际上并没有什么进展。屋顶的修理完全是场灾难。佩雷达和坎波尼科试图建一个菜园，为此他俩去古铁雷斯上校镇买了种子，但这块土地似乎排斥所有外来的种子。又有段时间，佩雷达致力于让被他称作"我的种马"的小马驹和母马交配。他想着要是能生出来一匹小母马，那可就太好了，自己很快就能建起马厩，以此推动其他工程的进展，不过小马似乎对与母马交配并不感兴趣，方圆几公里内也找不到其他合适的母马，因为高乔人都把马卖到屠宰场去了，现在他们要么步行，要么骑车，或是在草原漫长无尽的公路上搭便车。

我们太堕落了，佩雷达会这样对他的听众说，但是我们仍能像个男人一样站起来，追求像个男人一样死去。为了生存，他也不得不开始设陷阱猎捕兔子。每到傍晚，他们几人就离开庄园，有时候佩雷达会让何塞和坎波尼科去清理陷阱，同去的还有另一个后来加入的绰号"老头儿"的高乔人，而他则独自骑马前往那片废弃的房屋。他在那里碰到的都是年轻人，比他们几个年轻，但神经紧绷、不愿交谈，甚至不值得邀请这些人一起吃顿饭。有时他会来到铁轨旁，坐在马背上，和马一起嚼着野草的细丝，等待火车开过，可经常等了很久也没有火车来，仿佛阿根廷的这个角落不仅从地图上被抹去，也从记忆中被抹去了。

有天下午，佩雷达正徒劳地尝试让小马驹和母马交配，忽然看到一辆汽车穿过草原，朝阿拉莫·内格罗的方向开来。汽车停在了院子里，下来四个男人。他几乎认不出自己的儿子了。贝贝看着眼前这个老头，蓄着络腮胡，乱发披肩，光着膀子，上身晒得黝黑，下身穿着灯笼马裤，一下子也没认出是自己的父亲。我的宝贝儿子！佩雷达一边拥抱他一边说，我的血肉，我存在的理由。要不是贝贝让他停下来，他能一直说下去。贝贝向他介绍从布宜诺斯艾利斯来的两位作家朋友和编辑伊瓦罗拉，伊瓦罗拉热爱书籍和自然，也是他赞助了这次旅程。为了招待儿子带来的客人，佩雷达让人在院子里生了篝火，从镇上请来最会弹吉他的高乔人，事先叮嘱他只弹拨琴弦就好，不要弹奏特定的曲子，就像他们在乡下常做的那样。

坎波尼科和何塞用镇长的卡车从镇上拉来十升红酒和一升烈酒，佩雷达还准备了兔子，给每人烤了一只，不过城里来的人并没有对兔肉表现出很大热情。那天晚上，算上庄园里的高乔人和首都来的客人，篝火边一共围坐着三十多人。聚会开始前，佩雷达高声提醒大家，他不希望今天晚上有人在这里打架斗殴，这不符合本地的风格，大家都是爱好和平的，连杀一只兔子都费劲。然而，他其实考虑过准备一个房间给来参加聚会的人放刀具，但是想想又觉得这么做实在是有些夸张。

凌晨三点，酒和饭菜都没有了，年纪大的人启程回霍尔丹上尉镇，首都来的客人早已睡下，庄园里只剩一些无所事事的年轻人。第二天早上，贝贝试图说服父亲跟他一起回布宜诺斯艾利斯。他告诉父亲，问题慢慢解决了，就他个人来说，城里的生活还不错。他从带来的众多礼物中拿出一本书递给父亲，是在西班牙出版的。他很肯定地告诉父亲：我现在已经是整个拉丁美洲都知名的作家了。但佩雷达对此着实毫无感觉，他问儿子结婚了没，贝贝说还没有，佩雷达建议他找一个印第安女人，一起来阿拉莫·内格罗生活。

印第安女人，贝贝重复了一遍。他说话的音调在佩雷达听来像是十分向往。

贝贝带来的礼物里还有一把贝雷塔 92 手枪，附带两个弹匣和一盒弹药。佩雷达有些惊讶。说真的，你觉得我需要这东西吗？他问儿子。谁也说不准，你可是孤身一人在这儿，贝贝说。上午剩下的时间伊瓦罗拉想在乡下转转，于是他们为伊瓦罗拉备好鞍，让他骑母马，佩雷达骑何塞·比安科陪他。他们逛了两个小时，途中伊瓦罗拉大力赞美充满野性的田园生活，他认为霍尔丹上尉镇的居民们正是过着这样的日子。当他看到第一间废弃房屋时，驱马朝那里疾驰而去，可是废墟比他想象得更远，突然一只兔子跳到他的脖子旁，咬了他一口，他的惊叫声迅速消失在荒野中。

从佩雷达所在的地方看去，只能见到一团黑影从地上跃起，以编辑的脑袋为终点划了道弧线，然后就消失了。该死的巴斯克人！他踢了踢马刺，驱马奔驰到伊瓦罗拉跟前，伊瓦罗拉一手捂着脖子，一手遮住脸。佩雷达什么也没说，他把伊瓦罗拉的手从脖子上拉开，看见他耳朵下方有道抓痕正在淌血。佩雷达问伊瓦罗拉有没有手帕，他说有的，佩雷达这才发现他在哭。把手帕盖在伤口上，佩雷达对他说，然后牵起母马的缰绳，带着两匹马一起走向废弃房屋的方向。那里没有人，他们就没下马。回庄园途中，伊瓦罗拉盖在伤口上的手帕渐渐变红。两人一路无言。佩雷达吩咐高乔人把伊瓦罗拉上身的衣服脱掉，让他躺在院子里的桌子上，接着开始为他清理伤口，先将一把刀烤热，用烙得鲜红的刀刃去烧灼伤口，又用另一条手帕做临时敷料，最后把一件旧衬衣浸在余下的少量烈酒里，当临时绷带固定住敷料。这一系列操作更像是某种仪式，并不真正有效，但试试也没什么损失。

等贝贝和两位作家从镇上散步回来，看见伊瓦罗拉正躺在桌子上昏迷不醒，佩雷达则坐在旁边的椅子上，像医学生一样专注地盯着他。佩雷达身后，庄园里的三个高乔人也全神贯注地看着受伤的伊瓦罗拉。

阳光无情地炙烤着院子。操！贝贝的一个朋友喊道，你爸把咱们的编辑杀了。但伊瓦罗拉其实没死，他恢复后说自己从来没感觉这么好过，除了他后来引以为傲的那道伤疤，他将其解释为被游蛇咬伤后灼烧的结果，尽管事实上，当天晚上他就和作家们回布宜诺斯艾利斯去了。

自那以后，从城里来庄园拜访的人络绎不绝。有时贝贝一个人身着骑马装出现，在笔记本上心不在焉地写下悲伤的侦探故事；有时贝贝带着布宜诺斯艾利斯的名流来，通常是作家，不过其中总有一位画家，这位画家一般是佩雷达最欣赏的客人，因为画家们比那群整天在阿拉莫·内格罗周围晃荡滋事的高乔人更精通木工和泥瓦活。

有一次，贝贝和一个精神科医生一起来，医生金发碧眼，目光犀利，颧骨高耸，像《尼伯龙根的指环》里的人物。佩雷达认为她唯一的缺点就是话太多。有天早上佩雷达请她一起去散步，她答应了。他让她骑母马，自己骑何塞·比安科，两人一起朝西行进。途中时不时出现几只兔子，仿佛在暗中跟随他们。她和佩雷达聊起自己在布宜诺斯艾利斯一家疗养院的工作，她对佩雷达（或是对兔子们）说，研究证实人们正在逐渐失去理智，因此她推断精神失常并不是疾病，而是掩藏在正常表面之下的某种固有形态，是与人类所能接受的正常相似的另一种正常。佩雷达听她说话像在听天书，但她的美抑制了他评论的欲望。中午，他们停下来品尝兔肉干和红酒。阳光照在深色的兔肉上，闪耀着石膏般的光泽，看上去蛋白质充足，兔肉和红酒滋养了精神科医生的诗意气质。佩雷达的余光瞥见她把自己绑着的头发放了下来。

她开始背诵埃尔南德斯[1]和卢贡内斯[2]的诗句，声音悦耳，又自问自答萨米恩托[3]在何处犯了错误，她列举书目和壮举，而与此同时两匹马一往无前地朝西边跑去，很快就到了佩雷达从未涉足的地方。尽管医生有时有些烦人，但不失为良伴，因此他倒是很乐意到那里逛逛。五点钟左右，他们望见地平线尽头隐约出现一座庄园，便欣然策马前往，可直到六点仍未抵达目的地，这让医生发觉距离有时具有迷惑性。他们终于抵达庄园，五六个营养不良的孩子和一个体形硕大的女人出来迎接他们，女人的裙摆异常宽大，仿佛有只活物蜷着身子藏在她双腿中间。孩子们直盯着医生看，而她从一开始充满母爱的样子很快转变为神情厌恶。医生后来向佩雷达解释说，她从他们的眼神里感受到了恶意，她发现了他们用充满辅音、哀嚎和仇恨的语言书写的邪恶计划。

　　佩雷达越来越确信医生的脑子不太正常。他们接受了女人的热情邀请，晚上一起在一个挂满老照片的房间

---

[1]　应指何塞·埃尔南德斯（José Hernández，1834—1886），阿根廷诗人、记者、议员，代表作有史诗《马丁·菲耶罗》。

[2]　应指莱奥波尔多·卢贡内斯（Leopoldo Lugones，1874—1938），阿根廷诗人、小说家、历史学家。

[3]　应指多明戈·福斯蒂诺·萨米恩托（Domingo Faustino Sarmiento，1811—1888），阿根廷政治家、教育家，1868—1874年任阿根廷总统。

里用餐，席间女人说庄园的主人很久以前就搬去城里了（她也说不上来具体是哪座城市），雇工们领不到工资，便渐渐离开。她还说到一条河和一些地方河水上涨的情况，佩雷达不知道她说的河在哪儿，也没听镇上的人提过河水上涨的事。毫不意外地，他们吃了炖兔肉，那是女人的拿手好菜。准备离开时，佩雷达告诉他们自己的庄园叫阿拉莫·内格罗，以及庄园的位置，也许哪天他们在这里待腻了想换个地方。我能付的钱不多，但至少那里有人做伴，他语气严肃地说，仿佛在说生命的终点是死亡。接着他把孩子们叫到身边，给了他们三个建议。聊完后，他看到医生和穿宽大裙子的女人坐在各自的椅子上睡着了。他们上路时天已经蒙蒙亮。草原上空，满月闪闪发光，时不时看到跳跃的兔子，佩雷达并不理会它们，长久的沉默后，他轻轻哼唱起一首亡妻喜爱的法语歌。

那首歌唱的是码头、薄雾、变了心的恋人，所有的恋人都是如此，佩雷达善解人意地想，歌里还唱到了始终保持不变的地方。

有时，当佩雷达骑着何塞·比安科或漫步在庄园冗长的边界线上时，他会想象如果牛群不再出现，那一切都将和从前不一样。牛呢？他大喊，牛在哪儿？

冬天，穿宽大裙子的女人带着孩子们来到阿拉莫·内格罗，事情发生了变化。霍尔顿上尉镇上的一些人本来就认识她，很高兴见到她回来。女人话不多，但毫无疑问，她比佩雷达庄园里那六个高乔雇工干的活都要多，说是雇工，但其实佩雷达已经好几个月没给他们发钱了。有些高乔人对时间——如果可以称之为"时间"的话——的概念与常人不同。对他们来说一个月可以有四十天，一年也可以有四百四十四天，都是没问题的。事实上，包括佩雷达在内，他们中并没有人试图去思考时间问题。高乔人常坐在温暖的篝火边，有的聊电击疗法，有的说起话来像专业体育评论员，只不过讲的都是些年代久远的足球比赛——他们二三十岁那会儿还属于某个足球流氓团伙时期的赛事。一群婊子养的，佩雷达想，内心怀着温情—— 一股具有男性气概的温情。

一天夜里，佩雷达受够了老家伙们关于精神病院的无稽之谈，受够了他们口中那些贫民窟里父母为了观看所支持球队的重要比赛把嗷嗷待哺的孩子们留在家里的荒唐故事，转而问他们对政治有什么看法。一开始，他们比较抵触谈论政治，等佩雷达终于让他们开口，他们竟或多或少表现出对庇隆将军的怀念。

我们就到此为止吧，佩雷达说完拔出了他的刀。有那么几秒钟他以为眼前的高乔人会做出同样的动作，以为他的命运将终结于那个夜晚，这几个老家伙却害怕地往后退。上帝啊！他们问他这是怎么了，他们对他做了什么，他怎么突然像吃了火药一样。篝火映在他们脸上，呈现出像老虎一样的斑驳条纹，佩雷达手握着刀，全身发抖，他认为阿根廷的罪过，或者说拉丁美洲的罪过，已经将他们变成了一群猫。所以，兔子取代了牛，佩雷达自言自语着，而后转身朝房间走去。

要不是看你们可怜，我会在这里宰了你们，他对他们喊道。

第二天早上，他担心高乔人都回了镇上，但他们一个也没离开，有的在院子里干活，有的在篝火旁喝马黛茶，仿佛什么都没有发生过。几天后，西边庄园那个穿宽大裙子的女人来了，阿拉莫·内格罗从此蒸蒸日上，改变从食物开始，女人晓得十种不同的烹饪兔子的方法，她知道去哪里能找到香料，知道如何管理菜园子才能收获蔬菜。

有天晚上，女人在游廊里游走，最终钻进了佩雷达的房间。除了衬裙她什么也没穿，佩雷达腾出了床的一部分，夜晚余下的时间里他盯着天花板，感受着肋骨之上那具温暖而陌生的身体，到天亮才睡着，醒来时旁边的女人已经不见了。佩雷达将此事告诉儿子时，贝贝说：你这是给自己找了个姘头。理论上是这样，律师指出。这段时间，佩雷达用东拼西凑的钱扩大了马厩，又买了四头母牛。下午无聊时，他就备好鞍，骑着何塞·比安科出去遛牛。由于从来没有见过牛，兔子们吃惊地看着牛群。

佩雷达和牛群仿佛朝着世界尽头走去，尽管实际上他们只是出门散步而已。

一天，阿拉莫·内格罗来了一个女医生和一个男护士，他们从前在布宜诺斯艾利斯工作，被辞退后，现在为一家西班牙非政府组织工作，提供移动基层卫生服务。医生要给所有高乔人做肝病检查，一周后他们回到了庄园，佩雷达以最高规格招待他们——兔肉烩饭，医生说比有名的瓦伦西亚烩饭还好吃。接着医生着手开始给所有高乔人免费接种疫苗，她又给了穿宽大裙子的女人一个装着药片的玻璃瓶，让她每天早上给每个孩子吃一粒。他们离开前，佩雷达想知道雇工们的身体如何，医生告诉他：他们都患有贫血病，但是没人有乙肝或丙肝。真是让人松了一口气，佩雷达说。是的，从某种程度上说，确实值得欣慰，医生回答道。

在他们出发前，佩雷达向他们的卡车里看了一眼。车后座散乱地堆着睡袋与装有急救药品和消毒剂的箱子。你们的下一站是哪里？他问。去南方，医生回答。她眼睛红红的，佩雷达不知道那是因睡眠不足，还是她在哭。等到卡车开远，只留下尘埃，他想自己会想念他们的。

那天夜里，他对聚集在杂货酒馆的高乔人说：我认为我们正在遗失记忆，不过，这来得正是时候。高乔人看着他，仿佛这是他们第一次比佩雷达自己更明白他所说的话是什么意思。不久后，他收到贝贝的信，信里让他回布宜诺斯艾利斯，房子要卖掉了，他得去签字。我该怎么做？佩雷达想，是乘火车去，还是骑马去？当天晚上他几乎无法入睡。他想象着自己骑着何塞·比安科进入布宜诺斯艾利斯时，人们拥挤在人行道上，汽车停滞不前，警察沉默不语，一个报童在微笑，营养不良的同胞们在荒凉的空地上慢悠悠地踢球。佩雷达进入布宜诺斯艾利斯的景象和恩索尔画中耶稣基督进入耶路撒冷或布鲁塞尔时的气氛相同。佩雷达在床上辗转反侧地想：所有人，我们所有人都会在生命中的某个时刻，进入耶路撒冷，没有人是例外，有些人再也不离开，但是大多数人会离开耶路撒冷，然后我们会被捕，被钉在十字架上，尤其是贫穷的高乔人。

他又开始想象自己骑着忠诚的何塞·比安科走进市中心的一条街，那里集合了布宜诺斯艾利斯所有街道的精髓，这时从楼房高处飘落下一阵白色花雨。他并不知道是谁在洒落花瓣，因为街道和所有窗户边都空荡荡。应该是死人，他在半睡半醒间思忖道，耶路撒冷的死人或布宜诺斯艾利斯的死人。

第二天早上，他告诉穿宽大裙子的女人和高乔雇工们他要离开一段时间，没有人回应他。不过到了吃晚饭的时候，穿宽大裙子的女人问他是不是要去布宜诺斯艾利斯，佩雷达肯定地点点头。那么，照顾好自己，祝你好运，女人说。

两天后，他乘火车出发，重走了三年前他来时走过的路。当他到宪法广场站时，有些人盯着他看，仿佛他是特地乔装打扮过的，但大多数人对一个又像高乔人又像猎兔人的老头儿并没有多大兴趣。载他回家的出租车司机想知道他从哪里来，佩雷达仍沉浸在思索中，没有回答，司机甚至还问他会不会说西班牙语。佩雷达掏出小刀，开始修剪他像山猫一样长的指甲，以此作为回答。

家里没有人。他取出门垫下藏着的钥匙，开了门。房子里看上去很干净，可以说是太干净了，就是飘着一股樟脑丸的味道。佩雷达筋疲力尽，拖着身子走进卧室，没脱靴子就倒在床上。醒来时天已经黑了，他摸黑走到客厅，打电话给厨娘，接电话的是她丈夫，他问佩雷达是谁，但当佩雷达说出自己的名字，男人并不是很相信。厨娘接过电话。埃斯特拉，我在布宜诺斯艾利斯了，他说。厨娘并没有表现出惊讶。佩雷达问她得知自己回来了是否感到高兴，她回答说这里每天都有新鲜事发生。接着，他给曾经的另一位用人打去电话，但一个机械的女声告诉他所拨打的号码不在服务区。他感到沮丧，或许也是因为饿了，他努力回忆着两位用人的脸，但脑中浮现出的是模糊的图像、走廊里穿行的影子、四处飘动的干净衣服、窃窃私语和逐渐减弱的声响。

黑暗中，佩雷达坐在客厅的沙发上。不可思议的是自己还能记起她们的电话号码，他心想。不久后，他走出家门，不知不觉来到从前贝贝常和艺术家朋友们相聚的咖啡馆。从街上往里看，咖啡馆明亮、宽敞又喧闹。贝贝坐在最热闹的那几桌之一，他和一个老头儿（跟我一样的老头儿！佩雷达想）一起主持谈话。他偷看的窗口旁有一张桌子，他注意到那里坐着的人，与其说是作家，不如说更像是广告公司的职员。其中有个人打扮得像青少年，但应该已经超过五十岁，甚至可能六十多了，他正在就世界文学高谈阔论，每隔一会儿就往鼻子里抹点白色粉末。突然，他的目光与佩雷达交会。一瞬间他们互相注视，仿佛对方的存在令周遭现实打开了一道裂缝。青少年打扮的作家从座位上一跃而起，走到街上，动作果断，出乎意料地敏捷，还没等佩雷达反应过来，就已经站在他面前了。

你看什么？他一手拍掉鼻子上余下的白粉。佩雷达端详着他：比自己高，也更瘦，有可能也更强壮。你看什么，没礼貌的老头儿，你看什么啊？跟他一起的那伙人只是坐在咖啡馆里看着这一幕，仿佛每天晚上都会上演同样的场景。

佩雷达意识到自己攥着刀，索性就放开了。他向前走了一步，此时众人都还没有注意到他带着武器，他将刀尖刺向男人的腹股沟，但刺得不深。过后佩雷达将回忆起作家惊讶的样子和他脸上恐惧又带着责备的神情，以及他所说的话：混蛋，你对我做了什么？作家似乎是在寻求解释，但他不知道的是，头脑发热和恶心并不需要任何理由。

佩雷达指着他染血的裆部，清晰且镇定地说：我认为你需要一块敷布。白粉仔看了一眼自己，叫道：我的妈呀！当他抬起头时，朋友和同事们围着他，而佩雷达已经走了。

我该怎么做？律师一边思考一边在他心爱的城市里漫步，这个既陌生又熟悉、让他着迷也令他同情的地方。我是要留在布宜诺斯艾利斯成为司法斗士，还是回到潘帕斯草原，我并不属于那里，但我可以尝试做些有用的事，我也不知道，可能是跟兔子有关的，也可能是跟人有关的？那些可怜的高乔人不仅接纳我了，而且毫无怨言地忍受我的一切。城市里的黑影拒绝给出任何答案。总是这样，一片沉默，佩雷达嘟囔道。随着第一缕晨光降临，他还是决定回去。

2003

文
景

Horizon

社 科 新 知　文 艺 新 潮

深渊边缘

[智利] 罗贝托·波拉尼奥　著

滕威　陈烨华　译

出 品 人：姚映然
责任编辑：张　晨
营销编辑：杨　朗
封扉设计：陆智昌
美术编辑：安克晨

出　　　品：北京世纪文景文化传播有限责任公司
　　　　　　（北京朝阳区东土城路8号林达大厦A座4A　100013）
出版发行：上海人民出版社
印　　　刷：山东临沂新华印刷物流集团有限责任公司
制　　　版：北京百朗文化传播有限公司

开 本：850mm×1168mm　1/32
印 张：9.75　字 数：142,000
2025年9月第1版　2025年9月第1次印刷
定 价：69.00 元
ISBN：978-7-208-19688-9 / I·2229

图书在版编目（CIP）数据

深渊边缘 / (智) 罗贝托·波拉尼奥著；滕威，陈
烨华译. -- 上海：上海人民出版社，2025. -- ISBN
978-7-208-19688-9

I. I784.45
中国国家版本馆CIP数据核字第20258LF264号

本书如有印装错误，请致电本社更换　010-52187586

社科新知 文艺新潮 ｜ 与文景相遇

微信公众号   微 博   豆 瓣

bilibili   抖 音   小红书